GENTOSHA OUTLAW BUNKO

人妻

藍川　京

幻冬舎アウトロー文庫

人妻

人妻＊目次

第一章　媚芯の戯れ

1

「それで、新しいそのお部屋はファンタスティックな感じがよろしいんですの？　それともムーディがご希望ですか？」

ショートカットのよく似合う白石珠実《しらいしたまみ》の笑顔は理知的だ。深みのある赤い口紅の内側で、きれいに並んだ真っ白い歯が健康的に輝いていた。

「しっとりと落ち着いた感じにしたかったんだが、娘の意見を聞いたら失敗してしまってね」

初老の男は、部屋の広さ、カーテンやソファの色の予定などを珠実に話している。

ＳＵＮ電気のショールームは副都心に林立する高層ビルのひとつにあった。

ここは照明が主だが、堂々とした本館は電気街秋葉原にあり、ソフト、ＯＡ機器、大小家電からテレビゲームなどの玩具まで揃っている。凝ったデザインのソファやテーブル、椅子、絵画、装飾品などのインテリアも豊富だ。

珠実のいるショールームも照明だけとはいえ、広いフロアの十五、十六、十七階を占めており、世界の有名デザイナーによるライトフロア、それぞれの輸入家具に合わせた世界のシャンデリア、光の演出効果を体験できる実験室なども揃っていた。
四、五日前、丹野宗浩《たんのむねひろ》はこのショールームに立ち寄り、一目で珠実が気に入った。それから毎日足を運び、珠実のようすを窺《うかが》っていた。
ほかの客への接待のようすからして、若いのにやり手の照明コンサルタントと見た。強制するふうもなく、自分の意見をさりげなく口にして、自然な感じで客を納得させている。

膝《ひざ》の見えるタイトスカートから伸びた脚も、締まった踝《くるぶし》も品よく、脚フェチなら涎《よだれ》を流すところだ。スーツのジャケットに隠れているウェスト部分も、踝同様キュッとくびれていることだろう。バストは特別大きく見えないが、ほどよい山をつくっている。

(年は二十五、六。身長百六十三センチ、バスト八十五のCカップ、ウェスト五十九か六十センチというところかな……)

丹野の観察による予想は、これまで大きくはずれたことはなかった。

「娘さんがシャンデリア好みというのはわかる気がしますわ。でも、それをやめてシンプルなこんな感じのものを取り付けて、あとはスタンド、脚の長いこんな間接照明になるものと、低い位置に置く照明を組み合わせれば、ぐっと落ち着いた雰囲気のお部屋になると思いますよ」

珠実は初老の男に頭上の照明を指したり、カタログに載っているインテリアのサンプルを示したりして説明している。

（いい声だ。アノトキもさぞかし男を悦《よろこ》ばせてくれるだろうな……）

丹野は珠実の喘《あえ》ぎを想像した。

仕事のできる女は生き生きとしている。その自信が美しさにいっそう磨きをかける。自信が過ぎるといやらしい鼻もちならない女になるが、珠実の場合、仕事が楽しくて仕方がないのだといった感じで、そのひたむきさと明るさが客を惹きつけている。

ほかの従業員が自分に近づいてこようとしているのを察した丹野は、さりげなくほかの場所に移動した。

それから他のフロアをゆっくりとまわってきた丹野は、不自然さを感じさせずに珠実に近づき、話しかけられるのを待った。

「あの、何かお探しでしょうか」

「あ、うん、ひと部屋だけだがリフォームしようと計画してるんでね」

面と向かって話してみると、珠実はいっそう魅力的だ。聡明さが滲《にじ》み出ている。だが、冷たさを感じさせない。仕事ができるだけにプライドも高いだろうが、顔に出ていないところがいい。

（しかし、プライドをもぎ取られたときはどんな顔をするんだろうか……）

それを考えると、丹野はオスとしての欲望を覚えずにはいられなかった。

「リフォームされるのはリビングですか」

やや首を傾《かし》げた珠実の耳に、オニキスの黒いピアスが光っている。

最初珠実を見たとき黒が似合う女だと直感したが、オニキスは珠実にぴったりの石だ。ふくよかな耳朶《みみたぶ》を飾ったほんの小さな石が珠実の小さめの顔をいっそう引き締め、より知的に見せている。

「リビングじゃないんだ。そうだな……彫刻の部屋とでもいうかな」

「えっ？　彫刻のお仕事をなさっていらっしゃいますの？」

「いや、とびっきり気に入りの彫刻を置くんだ。その彫刻のために素晴らしい照明を施したいと思ってね」

「まあ……」

照明の相談には手慣れた珠実にも、丹野のような客は珍しかった。

「どんな彫刻ですか。沢山置かれるんですか？　お部屋の広さは？」

「十五畳ほどの部屋に大理石でできた一体の女性の像だけを置く予定だ。イタリアに行ったときやけに気に入って送ってもらうことにしたんだが、専用の部屋が欲しくなってね。たいして使ってない部屋があったんで、ちょうどいい機会だと思って模様替えすることにしたんだ」

「十五畳のお部屋に彫刻を一体だけ？」

その贅沢さを想像しただけで珠実は溜息《ためいき》が出そうになった。

白髪の交じった五十近くに見える中肉中背の紳士が単なるサラリーマンではないことは珠実にもわかった。隙《すき》のない背広に絞りのネクタイがよく似合っている。

濃いめの不揃いの眉と大きめの鼻、厚めの唇からして、決して美男ではないが、人当たりがよく、警戒心を抱かせない。だが、穏健ななかにも確たる野心を持っているような雰囲気があった。

珠実がこの話に少なからず興味を持ったことを丹野は確信した。

「そのお部屋をリフォームなさるのなら、照明もいっしょにデザイナーにお願いなさるんじゃありませんの？」

「人任せにはしたくないんだ。照明も自分の目で確かめながらやるつもりだ。きみはここにいる以上、むろんインテリアの勉強もしてるんだろう？　いろいろアドバイスしてくれると嬉《うれ》しいんだが」

先に名刺を差し出され、珠実はいつになく慌てて受け取ると、自分の名刺を差し出した。

『コーディネーター・照明コンサルタント白石珠実』とある。

それを丹野が見ている間に、珠実も彼の名刺に素早く視線を走らせた。『丹野進学塾・塾長　丹野宗浩』とあり、珠実は聞いたことのある塾だと思った。

（あ、そうだわ……）

都内にいくつかある有名中学進学塾のひとつだ。

そんな塾経営をしている丹野なら、彫刻に興味を持ち、たった一体の芸術品のために広い空間を惜しみなく使うというのも頷《うなず》ける気がした。

「どんな感じになさる計画ですか？　そんなお部屋の照明の相談を承るのははじめてなんです」

「そのお部屋はファンタスティックな感じがいいんですか、それともムーディがご希望ですか、とは聞かないのかい」

「え……」

「確か、さっきの客にそんなふうに聞いていただろう」

「まあ……」

すっかりリラックスした珠実がクスリと笑った。

「で、どちらがご希望ですか？」

「どちらも。そして、もっとほかの雰囲気もほしい。一体の彫刻をあるときは華やかに、あるときはシックに。あるときは妖《あや》しく、あるときはより立体的に。あるときは平面的に。まあ、きりがないがね」

「つまり、彫刻同様、照明にも芸術性をお求めになるというわけですね」

「ここに来る客は誰しも照明に芸術性を求めているんじゃないのかな。明るく照らしてくれさえすればいいというのなら、どこの電気屋でもいいだろう」

「照明コンサルタントとして、お恥ずかしい言葉を口にしてしまいました」

恥じ入るようにうつむいた珠実の睫毛《まつげ》は長く、まばたきすると涼しげに動いた。

はじめての客とその日のうちに食事の約束をしてしまうなど、珠実にはこれまでないことだった。

丹野がしばらく珠実と照明の話をしてショールームを出ていったのが午後三時半。それから一時間後に丹野から電話が入った。

いくら上客らしい丹野であっても、彼ひとりが相手なら珠実はうまく断わっていただろう。

だが、丹野は妻といっしょだと言った。

もしそれが口実なら……とも一瞬脳裏をよぎったが、《彫刻の部屋》の照明には興味があった。しかし、そんな計画さえ事実かどうかわからない。ともかく、丹野の妻の姿がなかったら、何とか口実をつくってコーヒーだけで別れればいい。

指定されたのは、ショールームのある高層ビルから目と鼻の先の高層ホテルの最上階のレストランだった。

丹野と着物の女性がいた。

五十近い丹野の妻なら四十を過ぎているだろうと珠実は勝手に想像していたが、三十そこそこにしか見えない顎《あご》の線の美しいやさしい顔立ちの女だ。

髪を上げた額の美しさ。細い黒髪の艶《つや》やかさ。細く危うげな白い首にそってまとめられた髪の束。翡翠《ひすい》でできた小さな千鳥の簪《かんざし》が控えめに覗《のぞ》いている。

藍地に薄い藍の襷《たすき》だけを織り出した、紬《つむぎ》にしてはやや斬新なデザインの着物は、豪華な花の刺繍《ししゅう》を施した半襟と赤い花を織り出した白い紬の帯で、やけに粋だ。

なんと着物の似合う女だろう。こんなにさりげなく、しかもこんなに美しく着こなしている女は珍しい。着物が躰《からだ》の一部になっている。これほど美しく見えるのは、着こなしのうまさだけではなく、やはり卵形の日本的な顔立ちと、持って生まれた気品からだろう。

決して美男とはいえない丹野と美しい妻が並んで立っていると、美女と野獣という言葉が自然に浮かんできて、珠実を慌てさせた。

「急だったんで来てくれなかったらどうしようかと思ったよ。女房だ。よろしく」

「美琶子《みわこ》と申します。主人が無理なお願いを申しまして」

「いえ……それより、せっかくのおふたりのお食事のお邪魔をしては……」

「そんなことございませんわ。主人はもっとお話をお聞きしたいそうです」

「新しいお部屋の照明についてですか」

「ええ……」

心なしかポッと美琶子の頬《ほお》に朱が走ったようで、珠実は色っぽいと思った。それでいて愛らしい。なぜ美琶子が不意に赤面したのかわからなかった。

フランス料理にするか和食にするかと聞かれ、珠実は自分の好みより、美琶子には和食が似合いそうだということを優先させた。

黒い格子の仕切りがそれぞれの席を独立させている。

テーブルには丹野と美琶子が並んで座り、珠実は夫妻に向かい合った。

世間話をしながら美琶子をさりげなく観察していると、照明の具合で紅を塗った唇が濡《ぬ》れたように光っている。そして、やはり羞恥《しゅうち》を含んだようにうっすらと頬が上気していた。

着物だから暑いのだろうと、珠実は常識的なことを考えた。

「奥様も彫刻がお好きですの？」

「え？　ええ……」

まるで好きな異性を前にしているウブな女学生といったどぎまぎした美琶子のこたえ方に、珠実は可愛い人と思った。

（こんな人を奥様にした丹野さんは男として幸せだわ。美人で色っぽくて可愛い女なんて滅多にいやしないもの……私に奥様を見せたかったのかしら……）

そう勘ぐりたくなるほどだった。

珠実には美琶子が上気している本当の理由がわかるはずもない。

美琶子の秘芯には小さなバイブが仕組まれていた。バイブから伸びた線は肌を伝っていた。乳房の谷間のやや左寄りの胸元に細長いスイッチ部分が納まっているのだ。

別に珍しくもない丹野の遊びだ。ふたりだけのときはさして面白くない。第三者がいるからこそ楽しめる遊びだ。

日本酒の前にビールを勧めたせいか、やがて珠実が洗面所に立った。

「美琶子、洩《も》らしたように濡れてるんだろう？　立ったとき、尻に丸い染みができてたんじゃ恥ずかしいぞ」

つい今しがたまでの紳士の顔を消し、丹野は美しい獲物をいたぶった。

美琶子の着物の懐に手をいれた丹野は、スイッチを切り替えた。

「あう……いやっ、やめて……あ、あなた……あぅう……」

秘芯に埋め込まれたバイブの震動が激しくなり、肉のヒダだけでなく、伸びている線の触れている肉のマメまで刺激している。

「やめて……ああ……」

いちばん近いところにいる客はひとつ間をおいたボックスだ。とはいえ、格子の仕切りでは目隠しにはならない。よほどひっそりと話さなくては声も聞こえてしまいそうだ。いつ仲居が次の料理を持ってくるかもわからない。

バイブは震動し続けている。

懐に手を入れてスイッチを切るのは容易でも、丹野の意志に反した行為は美琶子には許されないのだ。

じっとしていることができず、美琶子は親指をキュッと突っ張って草履を押した。膝をつけ太腿《ふともも》を合わせていると、より刺激を強く受けそうで、はしたないとわかっていながらわずかに膝を離した。

秘芯から湧き水のように始終蜜液が溢《あふ》れている。臀部《でんぶ》がべたついてきた。湯文字に染み、長襦袢《ながじゅばん》まで濡らしたら、あとは着物に染みていくしかない。

美琶子は泣きたくなった。ほとんどバイブの震動がなかった今しがたまででさえ、初対面の珠実を前にして、こんなものを女芯に挿入されているという恥辱に、顔から火が出そうだった。今はいっそう熱く、躰が燃えているようだ。

きれいに揃えたやさしい弧を描いた眉がせつなげに寄り、かすかにあけた唇を震わせている美琶子を眺めながら、丹野はうまそうに盃《さかずき》をあけた。

透けるように白かった美琶子の耳朶が、すっかりピンクに染まっている。額には汗が滲んでいた。いたたまれないように、膝にやった手を握り締めたり、椅子の縁を押したり、美琶子はいっときもじっとしていることができなかった。

「とめてください……あ、あなた……お願い……」

「早くイカないと、そろそろ帰ってくるころだぞ」

丹野はにやりとしながら、洗面所の方に目をやった。

「こんなところで……いや……あなた……あう……」

「イクまでそのままだ。たとえ彼女が戻ってきたとしてもだ」

肉のヒダと肉のマメを揺さぶる震動に、大きな声をあげてしまいたい。そうできない苦しさに、美琶子は両手で椅子を突っ張って腰を浮かせたり躰をよじったり、周囲から悟られないように、精いっぱい熱い昂《たか》まりと戦っていた。

「ふふ、このごろ鈍感になったんじゃないのか。もう、とうにイッていいころだぞ。何だ、その格好は。オシッコを我慢して洩らす寸前てところじゃないか」

確かに、滲んだ汗といい、震えているような総身といい、トイレに行きたいのを必死に我慢しているといった格好に見えなくもない。

美琶子は口をあけてハアハアと息をした。胸元が大きく上下した。

（ああ……だめ……くるわ……ああ、いや……こんなところでいや……）

「あっ、あっ、あう！」

掌《てのひら》で椅子の縁を、足指で草履を突っ張った美琶子が、眉間に皺《しわ》を寄せ、口を大きくあけて硬直した。総身がわずかに椅子から浮き上がった。数度の痙攣《けいれん》が駆け抜けるたびに、紙一枚ほどわずかに椅子から浮き上がる美琶子はぐらぐらと揺れた。

洗面所から珠実が戻ってくるときだった。

離れていたので定かでないが、珠実は一瞬、苦しげな美琶子の表情を見たような気がした。

「ほら、戻ってきたぞ。間に合ったな」

「と、止めてください……早く！　お願い！」

近づいてくる珠実に、美琶子はどっと汗を噴きこぼし、押し殺した声で言った。

「自分で止めろ」

美琶子は素早く懐に手を入れ、スイッチを切った。

(胸が苦しいのかしら……)

懐に手を入れた美琶子に、珠実はそう思った。

席に着くと、美琶子はハンカチでしきりに汗を拭《ふ》いていた。さっきより火照《ほて》っている。湯上がりのようだ。はっとするほど艶《なま》めかしさが増していた。

「奥様、どうかなさいました?」

「ワイフはね、日本酒を呑《の》むとこうなんだ。すぐに酔ってしまう。本人はとてもいい気持らしい。そうだな」

「え、ええ……わたしだけ先に申し訳ございません……珠実さんもいかが……」

小さな徳利を持つ美琶子のすべすべした手がかすかに震え、盃に注《つ》ぐとき、縁でカチカチと音がした。

「ご、ごめんなさい……」

慌てている美琶子に丹野はニヤリとした。

気怠《けだる》そうな美琶子の顔は、うっとりするほど艶やかだ。短い時間でこんなに美しく酔うことができる女を珠実は羨《うらや》ましいと思った。

美琶子は三十二歳という。珠実は二十七歳だ。あと五年たったとしても、珠実には美琶子のような色香を身につける自信はなかった。

「個人的なことをお伺いしますが、仕事のできるあなたは花のシングルでしょうね」

盃をあけた珠実に、丹野は酒を注ぎながら何ごともなかったように尋ねた。

「いえ、子供はおりませんが、結婚して四年になります」

「そりゃあ、申し訳ない。てっきりシングルかと思ってお誘いしてしまって。夕食を待っているご主人に叱られるな」

丹野は申し訳ないと重ねて言いながら、珍しく予想が外れたことに舌打ちした。珠実ほどの女に男がいないなどとは思わないが、亭主持ちとは思えなかった。

「本当にシングルに見えました？」

「家庭の匂いがしない……そんなことを言うと失礼かな」

「いえ、そう言われる方が嬉しいです。夫は多忙な商社マンで、家でゆっくりできることはほとんどありません。私は私で、人生をこれからエンジョイしたいと思っているんです。夫婦といっても相手に寄りかからずに生きていくことにしているんです。一昔前とちがうんですもの。今の時代、当然ですよね」

そう言ったあとで、美琶子は一昔前の女にちがいないと思った。

「共稼ぎですし……」

美琶子の顔色を窺いながら慌てて付け足した。

「もしご主人を気にしなくていいというのなら、ぜひ今度はうちに来て、的確な照明のアドバイスをお願いしたいものだ。設計図じゃわからないことがあるでしょう。むろん、出張費はお支払いします」

美琶子はうつむいたまま丹野といっしょに頭を下げた。

どんな家に住んでいるのだろう……。

珠実は照明のことより、ふたりの暮らしへの好奇心の方が大きかった。

2

着物の美琶子のイメージとはちがう白い切妻屋根の洋館が丹野家だった。黒いスマートな門柱、外から玄関まで続いている御影石。丸い出窓。

都内で有名なこの高級住宅地でも、ひときわ目立つ瀟洒《しょうしゃ》な外観を持っていた。

表札の横に『丹野着付け教室』という看板も掛かっている。

（あら、奥様は着付けの先生かしら。だったら、こないだの奥様のあの姿もわかる気がするわ。でも、そんなこと、ひとこともおっしゃらなかったのに……）

あのときは、稽古ごとでもしながら優雅に暮らしている上流夫人のイメージしかなかった。

だが、たとえ美琶子が着付け教室をひらいているのだとしても、金目当てではなく、退屈しのぎといったところだろうと珠実は想像した。

インターフォンから美琶子の声がして、玄関から着物姿の美琶子が顔を出した。椿の花枝をあしらった朽葉《くちば》色《いろ》地の古代縮緬《ちりめん》の着物に、渋い紺と臙脂《えんじ》の名古屋帯。しっとりと落ち着いている。

玄関に入ると吹抜けのホールになっており、シャンデリアのきらめきが天井にも微妙な光彩を放っていた。

二階への階段の壁に掛かっている絵画やホールの家具をトップライトの光が照らし、光と影が優雅な空間を織りなしている。

（完璧だわ……）

インテリアや照明の勉強をしてきた珠実を感心させるほど、文句のつけようがない玄関ホールだ。

一体の彫刻のためだけにリフォームしたいという部屋は二階にあり、今はグランドピアノが置かれていた。

五十号ほどの抽象的な油絵とピアノ鑑賞のためのソファセット以外は何もない。南西向きの二重窓で音が完全に外界と遮断されるようになっている。丹野は十五畳ほどと言っていたが、二十畳近いのではないかと珠実は目算した。

「ここをリフォームなさるんですか？」

「ええ……」

「このままでもよろしいのに。彫刻を置くぐらいの空間は十分すぎるほどあるじゃありませんか。ピアノに絵画。それと彫刻も並べてくつろぎの部屋になさればいいのに」

落ち着いた部屋だけに、珠実は自分の仕事のためにリフォームを強調しようなどとは思わなかった。

「それとも、大きな彫刻とか？」

「いえ……」

「どのくらいのものですか？」

美琶子は返答しかねている。

「奥様はその彫刻をまだご覧になっていらっしゃらないんですか」

「ええ、私はよくは存じませんの」

また美琶子は初対面のときのようなウブな表情を見せ、ポッと頬を染めた。それを、珠実は気のせいだろうと思った。

「あの、丹野さんは」

「お約束しておきながら、夫は用ができて今夜は遅くにしか戻ってこられませんの。ごめんなさい。せっかくお約束したのだから、いちおうこの部屋だけでも見ておいてもらうようにと申しておりました」

丹野に会えないからといって落胆はしなかった。どんなところに住んでいるのか知りたかっただけだ。そして、丹野より、この美しい美琶子夫人の方に興味があった。

「奥様は着付けの先生をしていらっしゃるんですか」

「ええ。週に二日だけ。仕事というよりほんの時間潰《つぶ》しですけど。珠実さんは着物はお召しにならないの？」

「成人式の振袖しか持ってませんし、第一、自分で着付けなんてできませんから」

「教えてさしあげるわ。きょうはお休みですもの。時間、よろしいんでしょう？　それとも、ご主人がいらっしゃるから早くお帰りにならないといけないのかしら。でも、ほんのちょっとだけ。ね、かまわないでしょう？　あなたに着せたい着物があるの」

半ば強引ともいえる誘いだった。

美琶子に手を引かれるようにして一階の和室に連れて行かれた。

ふた間続きの和室の一室に高価な桐の簞笥《たんす》があった。

「これを差し上げるわ。私には少し派手だから」

朱と代赭色《たいしゃいろ》と白茶を竪縞《たてじま》に織り出した御召縮緬は、朱が明るく浮き立って、確かに若々しい着物だ。だが、決して派手ではなく、帯次第でもっと艶やかにも、逆に落ち着いた雰囲気にもなる着物の柄のはずだ。

「こんな高価なものいただけませんわ」

「いいの。あなたに着ていただきたいんだから」

美琶子はそれ以上のやり取りを避けるように、帯や帯締めだけでなく、長襦袢や足袋、裾よけなど、着付けに必要なあらゆるものを珠実の前に並べた。

「私は百五十九センチ。こないだ会ったとき、あなたは私より四、五センチ高いような気がして、長襦袢の裾を四センチだけ長くしてみたの。足袋は二十三と三半を用意してみたけれど……」

きょうのために美琶子はすでに数日前から着物一式を珠実のために用意していたのだとわかった。

ショートカットによく似合うシルクコットンのパンツスーツを着ていた珠実だけに、着物姿には自信がなかった。

「あの……私……こんな髪じゃあ……」

「お太鼓じゃなくて、その髪に合った結び方をすればいいわ。任せてちょうだい」

美琶子は困惑している珠実の服を脱がせにかかった。

「奥様、私……」

「最初会ったときから、あなたに着物を着せてみたかったの」

ジャケットを脱がされるのに戸惑いはあっても拒もうとは思わなかった。だが、次にブラウスとなると、伸びようとする美琶子の手を遮るために、思わず手がボタンのあたりを押えた。

「着物の着付けは、襦袢や長襦袢をいかにきれいにつけるかで決まるものなの。下着が大切なの。何もかも脱いでしまって。主人はいないし、通いのお手伝いさんもきょうは来ないの。教室の日でもないし、だから、たとえ裸のままいても大丈夫よ」

美琶子は囁《ささや》くように耳元で言った。妖しく掠《かす》れた声だった。

黒と白のストライプのキャミソールと揃いのキュロットペチコートが現れたとき、美琶子はうっとりした視線を珠実に向けた。

「着物の下につけるものは形が決まっているけれど、お洋服の下着はいろいろあるのよね。

キャミソールやボディスーツ、テディ、スリップ、ビスチェ……これ、素敵な柄のキャミソールとペチコートだわ……」

初対面のとき、何故《なぜ》かよく顔を赤らめていた美琶子に、あるときは酒のせいかと思い、あるときは社交慣れしていないせいかと思った。

だが、今の美琶子を見ていると、もしかして、自分への特別の思いがあるのではないかとも思えてくる。

「あの……裾よけと肌襦袢は自分でつけます」

「肌襦袢の襟元は大切よ。裾よけも腰に巻けばいいというものではないの。いつも生徒に教えているの。だから気にしないで」

気にしないでと言われても、きっちり着物を着ている美琶子の前でひとりだけ裸になるのははばかられる。けれど、美琶子はその気になっていた。

珠実はやむなく背を向けてペチコートの下のTバックだけ残して脱いだ。パンツに下着の形が映らないようにと、紐《ひも》のようなインナーで辛うじて前の部分だけを隠していたが、美琶子に見られるとわかっていたら普通のショーツをつけてきたのにと、珠実は羞恥を覚えた。

両手で乳房を隠して首だけ美琶子に向けた。

「ショーツも脱いで」

「え？」

「湯文字がショーツの代わりですもの。このごろ着物用のブラジャーなどもあるようだけど、それはまちがってるわ。私は昔からの正しい着物の着付けを教えてさしあげてるの。ショーツなんてつけて着物を着たら、お手洗いも大変よ。せっかくの着付けが台無しになるわ」

「でも……」

「私だって……ほら」

美琶子は乳房を隠していた珠実の手を取り、着物の裾を割って秘園まで導いた。

生ぬるい体温のこもった湯文字のなかは淫靡《いんび》な空気がよどんでおり、珠実の手にねっとりとまとわりついた。

「ね……何もつけてないでしょう」

コクッと珠実の喉《のど》が鳴った。

「だから……ショーツも脱いで」

美琶子の手がさらに珠実の手を引き上げた。

「あ……」

指先が肌に触れた。茂みの感触のない秘園……。指先が触れているのはどの部分だろう。

太腿でないことだけは確かだ。やや汗ばんでいるそこが粘膜でないことも確かだ。

珠実は硬直していた。

美琶子が躰を引いた。そして、珠実の手を下ろした。また珠実は喉を鳴らした。

キャミソールを脱いだときのまま、片方の手は左の乳房を隠していた。美琶子のぬくもりに触れた熱く火照った右手の指先を見つめるのは怖かった。

美琶子同様子供を生んでいない人妻の珠実の乳房はきれいな椀形を保って張りがあり、沈みかげんの小さめの乳首は、熟れはじめる前の果物のような淡い色をしていた。

美琶子は素早くそれを観察した。

「恥ずかしいなら長襦袢を羽織って脱げばいいわ」

淡いピンク地に白と赤の小花が散らされた長襦袢を取って、珠実の肩にかけた。

ノーパンになるのは落ち着かない。それでも、美琶子がうしろで待っているのだと思うと、珠実はやむなくTバックを脱ぎはじめた。

Tバックを脱ぐときに腰を曲げ、やや尻を突き出す格好になった珠実を、美琶子はうしろから見つめていた。

淡い色の長襦袢だけに、躰の線が透けて見える。臀部の双丘のくぼみが妖しく淫猥な影をつくっていた。

たよりない下半身を庇《かば》うように、珠実は長襦袢にそのまま袖を通し、身頃をきっちりと合わせた。

「あら、肌襦袢もお腰もつけないの？」

珠実の前に立った美琶子が、小首を傾げるようにしてかすかに笑った。

（この目だわ……）

初対面のときも見た色っぽく、それでいてウブで愛らしい目。女学生がはじめて恋した異性の前に立ったような熱っぽい眼差《まなざ》し……。

「さっき見たわ。きれいな乳房なのね……乳首も……」

珠実の手をのけて身頃をひらいた美琶子は、乳房を掌にのせた。

「！………」

何かがはじまると予感していたものの、いざ美琶子に躰の一部を触れられてみると、ひどく動揺した。

「まだ二十代なのね。ご主人は三十半ばとおっしゃった？　うんと可愛がってくださるでしょう？　きれい……」

躰を支えているのがやっとだった。今にもよろけそうになるのを堪《こら》え、珠実はなんとか平衡を保っていた。

香水とちがう懐かしい匂いが美琶子から漂ってくる。着物に炷《た》きしめた香か、懐にでも忍ばせている匂い袋からだろう。

眩《まぶ》しすぎて美琶子を見つめることができない。珠実は目を閉じた。

乳首を口に含まれたとき、ずくりと総身に快感が走り、珠実は足指で畳を押した。

コリコリした果実の感触を美琶子は唇で楽しんでいる。

「ああ……だめ」

甘やかな蜜液がとろりと秘口を抜け出し、珠実の秘園を濡らした。

だめ、と言いながら、珠実はこの感触を断ち切られたくなかった。ただ、女に愛されたことのない身が、戸惑っているのだ。

(こんなことだめ……でも)

結婚して四年、このごろ夫の克己は滅多に珠実を抱かなくなった。多忙だというより、妻の躰に飽きてきたのだと何となくわかってきた。

ほとんどの女は、夫に一生躰を愛され続けるものと思い込んでしまう。珠実もこんなに早く飽きられるとは思っていなかった。

(まだ二十七よ。これからが女の盛りよ)

幾度そう思っただろう。自分が魅力のない女なら諦《あきら》めもするが、まだまだ男に声をかけられ、誘われる。まんざら社交辞令でもないような愛の言葉を囁かれもする。

　ここ一年ほど極端に少なくなった夜の行為に、珠実はいらいらすることもあった。自分達だけが不自然な夫婦生活をしていると思っていた。

　だが、会社の女達と呑みに行ったとき、男がいないのに気を許したひとりが、夫婦生活の不満を喋《しゃべ》り出した。すると、次々とほかの女達も口をひらいた。

〈男なんて最初だけよ〉

〈男って妻に性欲を感じなくなるんですって〉

〈いかがわしいところに行ってるんじゃないかしら。だって、勃起するくせに私を抱こうとしないんだもの〉

　露骨な言葉も飛び出した。

　恋人だったときと妻になってからの女に対する男のちがいが、珠実にもわかる気がした。

「ね、横になって……」

　美琶子は潤んだ目をしていた。

「いや……」

「ご主人にうんと愛されてるから十分なの？　毎日愛してくださるの？」

（毎日なんて……そう、毎日愛されたいと思っていたわ。でも、去年の今ごろは二、三日に一度でもいいと思ったわ。それから、週に一度でもいいと思うようになった。そして今は……)

美琶子の言葉で、珠実は肉体の渇きを哀しいと思った。

指先で軽く押されただけで、珠実は淡いピンクの長襦袢を背に横たわっていた。無意識のうちに裾を合わせて躰を隠したが、黒い茂みが布ごしに透けていた。

珠実の傍らに身を寄せて腹這《はらば》いになった美琶子が、珠実の唇を覆った。

「く……」

異性との口づけとはちがう、やわやわとした感触に、珠実は十七歳のときのファーストキスのように小刻みに震えた。

これまでのどの男とも体験できなかったねっとりした口づけは、それだけで珠実の総身を疼《うず》かせた。

生あたたかい鼻息が互いの顔で触れ合った。珠実は目を閉じて美琶子の行為に身をまかせた。

美琶子も目を閉じていた。闇に身を置くことで、いっそう珠実の細やかなところまで見えてくる。

震えている熱い鼻息。震えながら激しく鼓動を打つ胸。染まってくる頬と瞼《まぶた》。汗ばんでくる総身。濡れてくる秘芯……。

蜜液の溢れる音さえ聞こえてきそうだ。

硬いだけだった珠実の躰から力が抜けていき、ディープキスをしているうちにわずかずつほぐれてきた。

「あう……」

喘ぎながら珠実もおずおずと美琶子の舌を捕えて絡めた。やわらかい舌を絡めあい、多量に溢れる甘やかな唾液をのみこんでいると、珠実は躰の芯が溶けていくように感じた。

この激しくもやさしすぎるぬくもりのなかに、すべてを忘れてどっぷりと浸っていたいという思いだけになった。

側位から、いつしか珠実の方が美琶子の躰にかぶさっていた。袖を通しているだけの長襦袢の身頃はひらき、背中に掛かっているだけだ。

美琶子の額や頬に数本のほつれ毛が落ち、まとめあげた髪全体がゆるく乱れている。自分から触れてきてこういうことになったというのに、美琶子は切なげにかすかに眉を寄せ、濡れたような目で珠実を見つめていた。

(私じゃないわ。誘ったのはあなたよ。どうしてそんな目で見るの……)

責めているような誘惑しているような妖しげな表情に、珠実は奇妙な昂ぶりを覚えた。

着物の上から乳房のふくらみを探った。乳房をつかみたいと思った。

袖つけの下の身八つ口から手を入れようとして届かず、胸元から下に腕を差し入れた。そして、襟をぐいと左右にひらいて肩から抜いた。

白いすべすべの肩先があらわになると、美琶子はいっそう妖艶になった。

危うげに見えたあの日の細い首が、今にも折れそうなほどはかなく見える。

こみ上げてくるものを吐き出すように、珠実は肩先に唇をつけて舐《な》めまわし、軽く咬《か》んだ。透けるように白い肌を咬みちぎってしまいたい衝動にもかられた。

首筋も耳朶も、同じように唇や舌でなぞっては咬んだ。

「ああ、熱い……熱いわ……」

譫言《うわごと》のように繰り返しながら、美琶子はゆっくりと首を左右に振りたてて、喘ぎ声とともに熱っぽい息を吐いた。

「私も熱い……熱いの」

珠実は着物の懐を剝《む》くようにして乳房を絞り出した。吸いつくような餅肌だ。

着物の上からはさして大きくは見えなかった乳房は意外と豊かで、張りつめて鞠《まり》のようだ。

頰をすりつけ、甘い肌の匂いを嗅《か》ぎ、果実を舌で確かめた。そうしていると、同じことをされているように自分の躰まで疼いてくるのが不思議だった。

3

「これからねっとりやりそうだ」

丹野は隣室の覗き穴から目を離さずに、知合いの都留《つる》に言った。

「あの奥ゆかしい奥さんが、こんなふうに女を誘惑するとは意外だった」

都留も目を離さずに言った。

「あの珠実という女を誘うのに失敗したら、クリトリスの真ん中を貫いてピアスをするか、背中いっぱいにタトゥーを彫るか、どちらかの仕置だと言ったのがこたえたんだろう。あの女がいやがったら、美琶子は泣きついてでもこうなっただろうな」

丹野は厚い唇を歪《ゆが》めて笑った。

ラビアピアスをするときさえ美琶子は激しく抵抗した。それが楽しくて、半年ほどしてピアスをはずした。穴が埋まったら、また新たにピアスを刺そうというわけだ。

美琶子の懇願の言葉を聞きながら、足元にすがりつかれるのを見るのはオスとしての快感だ。

「いい奴隷になったたな」

「当然だろう。私といっしょになったからにはそれが運命だ」

美琶子の乳房を狂おしく愛撫している珠実の背中を見つめながら、丹野は薄く笑った。

麻生メディカルという高級医療機器販売会社に勤める都留は、CTスキャナーなど、何億円もする医療機器を販売するため、全国のみならず国外の病院もまわることがある。

一日や二日で決まる商談ではなく、理事長、医者、経理など多くの関係者をあの手この手で丸め込む。手っとり早いのは金と女を握らせることだ。彼らの性癖を調べ、それに満足する相手を差し出すこと。これはどんなものにも勝る鼻薬だ。

都留は自由にできる女をあちこちに置いている。調教済みの一級の奴隷達だ。そして、次の奴隷狩りに向けて、いつも飽くなき欲望を燃えたぎらせている。

丹野と都留はいつも情報を交換しあい、女も交換しあう仲だ。美琶子はすでに何度も都留とのプレイで自由になっていた。

覗き穴の向こうで、聞き慣れた美琶子の喘ぎ声が広がった。

「ああ……咬んで……乳首を咬んで……ああう」

珠実は唇がくすぐったかった。乳首が疼く。美琶子にしていることがそのまま返ってくる。美琶子にすることで自分にも同じ快感が伝わってくる。珠実は美琶子への行為で自分まで疼くのが不思議だった。

美琶子の手が珠実のショートカットの髪をまさぐりはじめた。

「あう……そうやっていつもご主人に愛されてるの？　ね、教えて、珠実さん……」

すすり泣くような声で美琶子がきれぎれに尋ねた。

(昔のように、夫にこうして愛されたいのよ。恋人だったときのように……毎日こんなふうに、眠ることも忘れて愛してくれたのに……)

珠実は激しかった愛の日々を思い出した。

「ああ……いい……いつもこんなふうに愛されてるの？　ねえ、教えて……」

小さな珠実の頭をかき抱くようにして、美琶子は眉間に小さな皺を寄せながら首をわずかに持ち上げた。

「帯を解《ほど》いて……」

「いや！」

なぜ即座に拒んだのか珠実にもわからなかった。

「解いて」

「いやよ、いや！」

(私はあなたが思っているように夫に愛されてはいないわ。毎日毎日愛されたいのに)

「咬んで……」

「いや！　もうしてあげない……してあげないわ……」

そっぽを向いて美琶子から躰を離し、珠実はうつぶせになって耳を塞《ふさ》いだ。

右脚のふくらはぎから下と、左の踝から下だけが長襦袢からはみ出している。

美琶子は珠実の右のふくらはぎに舌を這わせた。

「あ……」

美琶子の舌は少しずつ足元に這い下りていった。

正座した躰を横に倒し、わずかにゆるめたような艶めかしい姿の美琶子の着物の裾がめくれ、渋い朽葉色の着物の裾裏の香色《こういろ》が見えている。胸元が乱れ、肩先が見えているのも妖しかった。

喘ぎながら珠実はときおり首をのけぞらせた。

「あ！　んんん……」

足指を口に含まれ、指の間を舐められたとき、珠実は躰を大きくくねらせた。

そのとき珠実の右脚のすべてと臀部の一部があらわになった。つんと盛り上がった形のいい尻が、美琶子の愛撫によってびくんと硬直して跳ねた。

もともと珠実は足指を愛撫されると感じすぎて狂いそうになる。最近はおざなりのセックスだ。長いこと指を愛されていないだけに、美琶子の生あたたかい舌と唇によってぬめぬめとねぶられるとじっとしていることができず、両手で畳を押し、半身を起こそうとした。乳房が弾み、形よく下向きになって揺れた。

「ああ……だめ」

強すぎる刺激から逃れようと、足を引いてくるりと回転した。腕を通しているだけの長襦袢が剝《は》がれ、敷物のようになった。

若々しい珠実の総身が、外の光線とちがう黄色味を帯びた日本間の照明に照らされ、汗ばんでしっとり潤っている。三角形の濃いめの茂みは黒い蝶のように下腹に張りつき、太腿の内側が蜜液で濡れていた。

珠実は慌てて乳房を隠し、また躰を反転させて秘園を隠そうとした。

そのとき、美琶子は素早く珠実の躰にかぶさり、唇を合わせて吸い上げた。

「欲しい……あなたが欲しいの……欲しい……」

濡れた唇と潤んだような瞳、晒《さら》された細い肩先が、珠実の目の前で揺れた。

「きれい……とってもきれいなんですもの……欲しい……」

美琶子が頰をすり寄せてきた。熱いすべすべの頰が何度も珠実の頰をこすり、熱い息がかかった。

美琶子は珠実の上に乗ったまま、裾まわしと同じ香色の帯締めを解いた。はらりとお太鼓が落ちる音がした。続いて白と白茶の帯揚げをとき、お太鼓ごと畳に落とすと、邪魔な帯を解いていった。

解きながら珠実の目から視線を離さなかった。

仰向《あおむ》けになっている珠実の躰は確かに引き締まって美しい。美琶子の雪のような肌に比べるとそれほど白くは見えないが、それがいかにも健康的だ。

Cカップのバストは乳房の見本のように形が整っている。だが、右の乳首より左の乳首の方が大きく、色素も濃い。夫か、その前の男が、左の乳房をより多く愛撫する癖があったのかもしれない。

渋めの紺と臙脂の名古屋帯を珠実の傍らに置いた美琶子は、また躰を伏せた。

「帯が当たって痛くなかったかしら。帯締めの結び目も、お腹に当たって痛かったでしょう？」

美琶子は軽く口づけすると、珠実の両手をさりげなく片方ずつ頭の方に持ってきた。その両手を軽く珠実の頭の上で押えると、こんどは瞼に口づけた。

そして、素早く片手で帯のあたりを探り、帯揚げを探しあてると、唇を塞いだまま、帯揚げを珠実の両の手首にくるくると巻きつけた。

口づけされている珠実は美琶子の唇の感触に意識をとられ、頭の上で何をされているのか気がつかなかった。

　美琶子が次に顔を上げたとき、手首はひとつになり、帯揚げの端と端はきっちりと結び合わさっていた。

「くくられたことある？」

　そう囁かれてはじめて、珠実は自由を失っている両手に気づいた。

「いや……」

　ゆっくりと首を振り立て、泣きそうな顔をした。けれど、生まれてはじめて拘束された妖しい感触に、躰の奥に淫靡な炎が揺れていた。

「あなたは私のもの……ね……好きよ」

　珠実のくぼんだ腋窩《えきか》はつるつるで、繊毛を抜いたばかりだとわかる。美琶子はそこに舌を這わせた。じっとり汗ばんで塩辛かった。

「ああう！」

　珠実は肩をくねらせ、喉をのけぞらせ、背中を畳から浮き上がらせた。跳ねると同時に、乳房がプルッと大きく揺れた。

「そんなに感じるの？」

「しないで……腋《わき》はいや……解いて……解いて……」

汗で額に短い髪がへばりつき、珠実の頬は赤く染まっていた。

「さっき私が帯を解いてと言ったら、あなたはいやだと言ったわ。だから私もいや。ずっと解いてなんかあげない」

美琶子は意地悪を楽しんでいるような口調で言いながら、首筋を舐めまわした。珠実が喘ぐたびに薄い喉の皮膜が動き、唇と舌を押した。

耳朶《みみたぶ》を咬んだときも珠実は声をあげた。手首を拘束されていることで、普段より何倍も快感が大きい。美琶子の唇がどこかに触れる前から、周囲の肌がぞくぞくと粟立ってくる。

乳首をしなやかな指でまさぐられながら、もう片方を吸われたとき、珠実はこれ以上我慢できないと思った。

「もういや！　いやいや！　解いて！」

激しく首を振り立てながら哀願した。

「いや？　気持よくない？　でも……」

美琶子の指がはじめてデルタの奥を触った。

「あう！」

弛緩《しかん》していた太腿の筋肉がきゅっと硬直し、膝が合わさった。

「ほら、こんなに濡れてる……こんなに……お洩らししたように……こんなに……」

人さし指を一本立てて、美琶子はその指先を明りに透かすようにして見つめた。

「いや！」

恥ずかしさと屈辱に、珠実は躰ごといやいやと揺すりたてた。

「可愛いところが私を欲しがってるもの……」

美琶子は蜜液に濡れた指を口に入れた。

「あ……」

「おいしい……もっと、欲しい」

太腿の間に顔を埋《うず》めようとした美琶子を、珠実はきゅっと膝をつけて拒んだ。

クンニリングスを諦めた美琶子は湿った部分に指をこじ入れ、さらに深くこじ入れながらあたりをいじりまわした。太腿に力を入れて閉じているので、秘芯に指を入れることはできない。

花びらの合わせ目とコリッとした肉のマメのあたりを前からうしろ、うしろから前へと繰り返し撫《な》でさすった。熱い湿りがますます豊かになってくる。

「あああ……あう……いや……だめ……」

泣きそうな珠実の声が震えを帯びてきて、硬い太腿がやわらかくなり、ゆっくりとひらいていった。腿の付け根まで蜜で濡れ、ウェーブの少ない恥毛も濡れ光っていた。

空気を吸い込むような息とも声ともつかない声が洩れるたび、乳房が波打った。美琶子はぬめついた秘園を指でくつろげた。

「あん……」

かすかに尻を持ち上げてびくりとした珠実は、もう拒もうとはしなかった。泣きそうな顔をして、ときおりしゃくるような声を出し、唇を咬みしめる。そしてまた耐えきれずに口をあけて喘いだ。

小さめの花びらの色素は薄い。パールピンクの粘膜は今にもとろけそうにしている。肉のマメはわずかに包皮から顔を出していた。

顔を埋めて舐めまわすたびに尻が浮いて畳を叩いた。

女壺にそっと指を入れると総身が緊張し、息をとめているように躰の動きがとまった。美琶子はゆっくりと捻《ねじ》るようにして奥に向かって指を押し入れていった。熱い秘壺は十分に潤い、肉のヒダが指を締めつけてくる。

根元まで指を入れると抽送をはじめた。すぐにクチュクチュッと恥ずかしい音がした。くくられた手を顔の前に持ってきて、珠実は二本の親指を咬んだ。

美琶子の指が二本になり、肉のヒダをこすった。そうしながら片手は肉のマメをクシュクシュと撫でまわすようにいじりはじめた。

「あう……はあっ……あん……」

珠実の息遣いは確実に昂まっている。ただ天井を見つめ、眉根を寄せ、口をあけて波の押し寄せてくるのを待っている。

「うぅん！」

数度のバウンドとともに、美琶子の指はキリキリと締めつけられた。花びらが充血して咲きひらき、肉のマメが膨らんでいた。

秘芯の蜜を舐め取ってやるとき、また珠実は声をあげて痙攣した。

隣室の覗き穴から丹野と都留は目を離し、顔を見合わせてフウッと息を吐いた。

「思ったよりいいショーになってきたじゃないか」

「あの女の手をくるとは意外だった。こうなったら、次は美琶子が責められる番かもしれないな」

まだ続くはずだと、ふたりはまた覗き穴を覗いた。

「私の指でいったのよ……もう私のものね……」

手首の帯揚げを解いてやりながら、美琶子は愛しそうに言った。

拘束から解かれた珠実はしばらくエクスタシーの余韻に浸っていた。

やがて、寄り添うように身を横たえていた美琶子の着物の裾を、ゆっくりと半身を起こした珠実が、荒い息を吐きながら左右にひらいた。

眩しいほどに白い太腿の付け根に、黒い翳《かげ》りはなかった。剃《そ》りあげられた恥毛に目を凝らした珠実に、

「水着をつけるために剃ったの……」

夫に剃毛されたとは言えず、美琶子は頰を赤らめながら言った。

つい今しがた、珠実の手首をくくった同じ女には見えなかった。

子供のようなつるつるのスリットとはいえ、子供とは明らかにちがう肉マンジュウのような淫靡な眺めに、珠実は羞恥を感じて顔を赤らめた。

合わせ目をくつろげてみたい衝動に駆られたが、喉がからからに渇いて動けなかった。

誘うように乱れている美琶子の着物と白い肌。やけにぼってり見える紅の薄くなった唇。淫靡な行為を許してしまったというのに、まだ珠実は拘《こだわ》りを捨てきれないでいた。

(触りたい……この指や唇で……この人のすべてを見たい……私もくくりたい……)

珠実はタブーの前で迷っていた。

「くくって……ね、くくってもいいのよ……」

珠実の心を見透かしたように、美琶子が帯揚げを差し出した。

珠実は一瞬の迷いのあとでそれを取ると、妖しく光る美琶子の目を覆った。それから、落

ちていた細い帯締めで美琶子の手首をくくった。

美琶子の手を拘束したことより、視野を遮ったことの方が珠実を安心させた。ようやく恥ずかしさが薄れ、仰向けになっている美琶子の唇を塞いでむさぼった。

「あん……あう……」

すっかり受身になった美琶子の艶めかしい喘ぎに、珠実は湧き上がってくる猥褻《わいせつ》で粗暴な思いを堪えきれなくなった。

半端に晒された肩先をさらに剝き出し、乳房もすっかりつかみ出した。閉じている脚を破《は》廉恥《れんち》に押し広げた。そんなことをする自分の淫《みだ》らさに、珠実は眠っていたものを呼び起こされた気がした。秘園の粘膜が露を宿して淫猥にぬめ光っていた。

「いや……」

目隠しされているとはいえ、あまりに広くひらいた破廉恥な脚の角度を恥じ、美琶子はそれを閉じようとした。

「だめ！　動いちゃだめ！」

珠実は美琶子の勝手な動きを押しとどめた。それでも美琶子は太腿の間を狭めた。

「だめよ！　ひらいて！」

癇癪《かんしゃく》を起こしたように命じたが、美琶子はいやいやと目隠しされている顔を振り立てた。

珠実は素早くあたりに視線をやった。床の間の書の掛軸に下がっている大理石の風鎮に気づいた。それをはずすと、もう片方が音をたてて床の間に落ちて転がった。

美琶子がびくりとして身を起こそうとした。そのとき、冷たすぎる硬いものが、花びらを割ってぐいっと秘芯に押しつけられた。

「ヒイッ！」

美琶子の総身が粟立った。

「お仕置してあげる」

喉を振り絞ったか細い声に昂ぶって、珠実は風鎮を押しつけたまま秘芯に滑らせた。

「ヒッ！　や、やめて！　ヒイッ！」

上品な夫人が慎みを忘れ、刺激の強すぎる冷たい感触から逃れるために叫び、脚をばたつかせるようにしながら躍起になって起き上がろうとしている姿は滑稽《こっけい》だった。だが、美琶子の膝に珠実が乗っている限り、夫人は風鎮の刺激から逃れられそうになかった。

玉がみるみるうちにぬるぬるになった。

(気持いいんだわ……感じすぎるのね)

卵のような大きさの白い玉を、珠実は秘壺に押しこみはじめた。

「ん……うくく……うぅん……」

拒もうとしていた夫人が、途中から力を抜いた。

熱い花びらが左右に分かれて玉を巻き込んでいく。真っ白い絹のような鼠蹊部《そけいぶ》がじっとり汗ばんでいた。

目隠しと手首のいましめ、腰に巻きついた乱れた着物……。夫人を力ずくで凌辱《りょうじょく》しているようだ。こんな昂ぶりははじめてだった。

「あああ……んくく……あう……」

叫びとも喘ぎともつかない夫人の声を聞きながら女壺に風鎮を押し込んでいくのは、淫靡で興奮する快感だった。

玉がすっかり女芯に呑み込まれたとき、珠実は美琶子にかぶさり、自分の濡れそぼった秘芯を夫人の秘芯に押しつけて、ぐりぐりと腰を動かした。

「ちょうだい……こんどは私の中に入れて」

美琶子を抱いてゆっくりと回転し、珠実が下になった。

目隠ししている帯揚げに涙の小さな染みができている。美琶子の鼻はピンクに染まっていた。

「好き……」

珠実は年上には見えなくなった夫人に口づけした。

「卵、ちょうだい。私の中に移して……」

ぐいっと腰を突き出し、美琶子の秘芯に自分の秘芯を押しつけた。硬いものが、粘膜に触れた。少しずつ、かすかに自分の女壺に移って来るのがわかった。秘芯が火のように熱くなった。激しいふたつの鼓動がひとつになって脈打っている。

ふたりを覗いていた丹野と都留の肉茎は持ち上がっていた。このあとすぐにでも女達を凌辱したい気がした。ふたりをいたぶる光景を想像すると、さらに剛棒が雄々しく反応した。

「覗いているだけじゃ躰に毒だな」

「あとで美琶子を抱けばいいだろう。しばらくあの女の方はお預けだからな」

「わかってる。それにしても、時間と金をかけて新しいプレイに挑むきみのアイディアと忍耐には脱帽だ」

「アイディアと忍耐ね。一種の芸術と思ってるんだが」

ふふっと笑った丹野は、また隣室を覗きこんだ。

ふたりは寸分の隙もないほどしっかりと抱き合っている。美琶子の着ている古代縮緬にあしらわれた椿の花枝から、赤い椿が今にもぽとりと落ちそうだ。

第二章　恥辱の部屋

1

ショールームに丹野が現れたとき、珠実はびくりとした。

美琶子と躰を重ねたのは二日前の日曜だ。その夜は躰の火照りが治まらず、かといって自分から夫を求めては何か悟られそうで、悶々《もんもん》として眠れず、指でこっそり慰めた。慰めながら、美琶子との妖しい行為を思い起こしていた。

〈また来て。きっとよ〉

玄関を出るときの美琶子の熱っぽい目を、はっきりと覚えている。

きょうもそのときのことばかり思い出していた。きのうは美琶子に電話をかけそびれ、きょうこそかけてみようと思いながら受話器を取れないでいた。

そんな矢先の丹野の出現だ。心が騒いだ。

「先日は女房だけですまなかったね」

「いえ……」

「部屋を見てもらったあとで、うまい料理でも食べに行こうと思っていたんだが」

「奥様に着物をいただいてしまいました。ご存じでしたか。申しわけありません」

「いや、着古したもので失礼だったかもしれないと女房が言っていた。無理に押しつけたんじゃないのかな」

「いえ、そんな……」

美琶子との行為を丹野が知ったらどうするだろう……。

珠実は彼を正視できなかった。

「あの部屋はだいたいこんなふうにしたいと思ってるんだ。照明の方はきみに任せてみたい。とは言っても、私も少しは口を挟ませてもらうがね」

設計図を前に丹野は壁の色や彫刻を置く位置を示した。

「うんと贅沢な照明にしたい。先日も話したように、いつも同じ照明ではなく、いろいろな雰囲気が味わえるようにしてほしいんだ。金はいくらかかってもいい」

「わかりました。でも、やはり、肝心のその彫刻を見てみませんと、どんな感じの照明がいいか、最終的な判断は下しかねますわ」

美琶子とのことは知られていないと確信した珠実は、いざ仕事の話となると、いつものように真剣になった。

たった一体の彫刻のために、今のままでも十分に使えるあの広い部屋をリフォームしようというのだ。その彫刻を見ないままでは、いくら壁の色や彫刻の配置を示されても、どんな照明にすればいいのか判断がつきかねた。

「実物はまだ届かないんだが、こんな像と思ってもらえればいい」

丹野は三葉の写真を出し、一葉ずつ簡単に説明していった。

白い大理石でできている女性の裸像は、紀元前五世紀後半のギリシャで作られたという美しい少女だった。

次は、赤色砂岩でできているという二世紀のインドの女性像で、豊かな乳房とくびれたウエスト、豊かな臀部が強調されて退廃的な官能美を漂わせていた。

三葉目は南インドで出土したという十二世紀ごろのブロンズ像で、赤色砂岩でできた退廃的な像とはちがい、腰だけを布で覆った同じような裸体でも、女の理想的な美を表した像だった。

「これをミックスした感じと言ったらいいかな」

丹野はやや上目遣いに珠実を見つめた。

珠実はちらりとそんな丹野を見つめ、またすぐに机の写真に視線を戻した。

「こんなに古いものを飾るということですか……いえ、そんなことより、白い像ですか。それともブロンズ……それとも」

丹野が示した三葉の写真の意味が珠実には理解できなかった。

「私が飾る彫刻は白い大理石と思っていてもらえればいい。それは、この少女のように可憐にも見えるし、こちらの像のようにどこか淫靡な雰囲気も持っている。そして、こちらの写真の像のように、完璧なほどに美しいというわけだ」

あの部屋に飾られる彫刻を想像しようとしたが、珠実には一体の像の輪郭さえ浮かんでこなかった。

「白い女性の像だ。そして、大きさはきみの身長くらいと考えておいてもらえばいいかな。あとはきみの想像にまかせて凝った照明を考えてもらいたい。それで工事が必要なら言ってもらいたい」

部屋の図と、彫刻を置く場所を細かく描き込んだ一枚の図を珠実に渡した丹野は、工事の都合で土曜までに考えて欲しいと付け足した。

まだ二度しか会っていないというのに、丹野がすっかり自分を認めていることに、珠実は充足感と、期待に沿えるかどうかと不安も感じた。

「楽しみにしてる。そのとき、ほんの三十分ばかりでいいから、ある男に会ってくれないか。

知合いの男だが、たまに使うマンションがあって、そろそろ雰囲気を変えてみたいと言ってたんだ」

夫がありながら、なぜ美琶子は女の自分をあんな目で見つめたのだろうと、珠実は丹野の話を聞きながら、また日曜日のことを思い出していた。

「その男に家具の配置を替えたりするだけでなく、照明を替えるのがベストだと言ってみたら、彼もそのつもりだと言うんだ。だから、どうせなら、またきみに相談に乗ってほしいんだ。お得意さんはひとりでも多い方がいいだろう。金はある。上客だよ」

美琶子のつるつるだった秘園……。着物のまま抱き合い、掛軸からはずした風鎮を秘芯に押し込んだ……。あんなことをした自分が今も恥ずかしい……。

腋の下がじわりと汗ばんだ。

着物を脱いだ美琶子の躰は眩しいほどに白く、同性ながらうっとりした。互いに何もまとわず、激しく躰をまさぐりあった。また風鎮を使って淫靡な遊びに興じた……。

「きみ、どうしたんだ。いやかい？」

「えっ？」

丹野の話を聞きながら、いつしか美琶子とのことだけを考えていた珠実は、はっとした。

「その男と会ってもらえないか」

「ええ、はい。承知しました」

「彼氏のことでも考えてたんじゃないのか」

「そんな……」

「はは、そうだな。きみにはご主人がいるんだった。きみを見ていると、ついシングルと勘違いしてしまうんだ」

珠実と美琶子の刺激的な行為を覗いていた丹野は、この珠実をいたぶるときのことを考え、内心、舌なめずりした。

あの日、珠実が帰ったあと、都留とふたりで美琶子を存分にいたぶったことは言うまでもない。

M女の美琶子にとって、丹野からの命令は絶対だ。珠実をレズ行為に誘うように命じられ、最初こそ表面の穏やかさとは裏腹に必死だったが、珠実もその気になって挑んできたときから、美琶子は丹野の指示などすっかり忘れていたといっていい。

珠実が帰ったあと、まだ快感の余韻から醒《さ》めていなかった美琶子は、ふたりから受ける恥辱《はずかし》プレイに声をあげながら、もっと辱めて、と何度も言った。

丹野と都留はどんなことがあっても珠実を調教し、美琶子ともども辱めてやりたいと思った。

「じゃあ、よろしく。礼はたっぷりするからね」

礼はその躰に、とほくそえみながら、丹野はショールームを出た。


仕事が終わった珠実は走るようにして、自宅近くの喫茶店に向かった。

藍色の紬にクリーム色の名古屋帯を締めた美琶子は、珠実が喫茶店のドアをひらくと顔をあげた。

珠実と美琶子は同時に口元をほころばせた。

「出ましょう」

珠実はテーブルに着かず、レジで美琶子の支払いを済ませた。

こんなところでコーヒーを飲むより、早く美琶子とふたりきりになりたい。そして、美琶子のぬくもりをじかに確かめたい。

女同士の行為をはじめて経験した珠実は、たった一度の行為で美琶子を求めて渇くようになってしまった。

マンションの玄関で、堪えに堪えていた欲望を押し出すように、珠実は美琶子を抱き寄せて唇を合わせた。

「くっ……」

まだ言葉も交わしていないときにいきなり燃えているような口づけをされ、美琶子は面食らった。

珠実は舌を入れ、唾液を吸った。服ごしに乳房を押し付け、美琶子の膨らみを確かめた。

（ああ、素敵……やわらかい女の唇は男なんかよりいいわ……この乳房も素敵……）

美しく上品な美琶子は自分のものだと珠実は思った。

ほんのり鼻腔《びこう》を刺激する甘い香り。男とのキスでは考えられないやさしい香りだ。

「会いたかったわ……きょう、ご主人がショールームに来たのよ。どんな彫刻かわからないまま、あの部屋の照明を考えるのは難しいわ」

見せられた三葉の写真だけでは心もとなかった。

「でも、ご主人をあっと言わせる照明を考えるわ。あなたとこれからもずっと会えるように」

美男でもなく、初対面でこれといって格別に心惹かれることもなかった丹野だけに、珠実は目の前の美琶子にしか興味はなかった。

「あなたは以前も女の人とこんなことしたことがあるのね」

美琶子に惹かれれば惹かれるほど、嫉妬も大きくなってくる。

はじめての経験ということもあり、日曜日は余計なことを考えるゆとりもなかったが、今はあの日の美琶子の誘いを少しは冷静に考えることができた。

「どうなの？　いつもあんなふうに女を誘うの？　もしかして、着付けの生徒さんが来るたびに、あんなふうにするんじゃないの？」

唇をあけようかあけまいかとしている困惑した美琶子の表情は珠実より五歳年上の女だということを忘れさせ、嗜虐心《しぎゃくしん》をくすぐった。

「はじめて会ったとき、お上品な奥さんだと思ったわ。でも、本当はちがったのね。いつも躰を熱くしている淫乱な女なのね。あの日も、私を妖しい目で見てたわ。そうでしょ？」

美琶子はますます弱い表情を見せ、口を閉じてうつむいた。

「うんとお仕置しなくちゃね」

口にするだけで、珠実は躰の芯が疼くのを覚えた。

(私にはサドっ気があったのかしら……お仕置だなんて……こないだもそう言って、あんなに恥ずかしいものをこの人のアソコにねじこんだんだわ……)

美琶子もぼうっと頬を染め、すでに珠実の言葉に酔っていた。

寝室に入った珠実は、夫の帰りは早くてもまだ三、四時間先だと思った。だが、万一のことを考えて鍵をかけた。

艶やかな美琶子を見ていると、丹野がこの妻を愛さないわけがないと思った。

（それとも、私と同じように夫からおざなりにされているのかしら？　まさか。でも、愛されているのなら、なぜ私を求めたのかしら？）

熱っぽい美琶子の目は、やはり珠実を求めているとわかる。

「旦那様は愛してくれないの？　どうなの？　五十前じゃ、まだセックスがだめって歳じゃないでしょう？　十六も年下の奥さんを愛さないわけがないわね。どうなの？　ちゃんとセックスしてるんでしょう？」

これまで、そんな赤裸々な質問を人にしたことはない。珠実は美琶子を前にすると、故意に意地悪く、あるいは猥褻なことを言ってみたくなる。それでいて、とろけるほど愛したい衝動を抑えきれないでいた。

「いちばん最近はいつセックスしたの？　言わないなら、もう二度と会わないわ。照明の仕事だって断わってしまうかもしれないわ」

脅されてかすかに眉根を寄せた美琶子は、コクッと白い喉を動かした。それでもなかなか口をひらくことができず、珠実の怒りを買った。

「わかったわ。帰って。もう会わないわ。お仕事も旦那様に断わるわ」

そう言ったものの、美琶子がこのまま帰ってしまったらどうしようと、珠実はヒヤヒヤしていた。

「さよなら」

どうして心にもないことを言ってしまうのだろう……。自分を腹立たしく思いながら、珠実は冷たい視線を美琶子に向けた。

泣きそうな顔をしている美琶子がうつむいた。そのか弱さが、珠実を苛立《いらだ》たせた。苛立ちは美琶子へのひとつの愛の変形だ。

「帰って！」

美琶子が洟《はな》をすすりはじめた。

「泣いてごまかすの？　ひとこと言えばすむのに。いつ旦那様に抱かれたのよ、えっ？」

「き、きのう……」

消え入りそうな声だった。

(きのう？　何ですって？　きのうも抱かれていながら、きょうも潤んだ目で私を見つめていたってわけ？)

しとやかに見えながら、美琶子はいくらでも性をむさぼる女なのだろうか。

(まさか……ちがうわ。そんな女じゃないはずよ。この人は淫らなだけの女じゃないわ)

あの日の美琶子の愛らしさと羞恥心を思い出した。今目の前にいる美琶子もしとやかで、猥褻さなど感じられない。

「きのうセックスしていながら、またきょうもいやらしいことしたいなんて、何て淫乱な奥様だこと。その恥ずかしい淫乱を治すにはどんなお仕置がいいかしらね」

美琶子を見つめながら、自分の方がより猥褻な気持を持ち、美琶子以上に躰を疼かせているのだと珠実は思った。

美琶子の前に立った珠実は彼女を見つめたまま、襦袢ごと着物の裾をまくり上げた。そして、秘芯に指を伸ばした。

「あ……」

美琶子が硬直した。

その瞬間の唇の動きと見ひらいた瞳に、珠実は切ないほどの魅惑を感じた。

「ノーパンなのにここが濡れたら、お小水みたいに太腿を伝ってくるわ。踝まで伝ってきたらどうするつもりなの？」

熱いぬかるみに指を這わせるだけでなく、押し込んでしまいたい。

あの日、美琶子がしたように、蜜で濡れた指を目の前に差し出し、ふふっと笑いながら口に含んで舐めとった。

妖しい時間のはじまりだった。

邪魔な帯だけ自分で解かせ、着物のままベッドに横になるよう美琶子に命じた。

「何を期待してるの、淫乱な奥様。痛いお仕置してあげるわ」

胸元から強引に白い乳房をつかみ出した珠実は、大きめの乳暈のまん中でツンと立っているサクランボのようなみずみずしい乳首の根元を咬んだ。

「あう、痛い……」

力を加減して、それでも上下の歯をキリキリと左右に動かし、乳首を責めた。

「痛い……あう……いや」

珠実の頭を抱くようにして、美琶子は鼻にかかった声をあげた。

片方を咬みながら、片方は指でクリクリと抓《つね》るようにしごいた。

「痛い……痛ァい……いやいや」

痛いと言いながらどこか甘やかな声に、珠実はいっそ美琶子を傷つけてしまいたいと思うほど愛しさを感じた。

ギュッと上下の歯に力を入れた。

「い、痛っ！」

美琶子の背がわずかに浮き上がった。

今度はもっと強く咬んだ。

「ヒッ！　痛っ！」

どっと汗を噴きこぼした美琶子の声は、苦痛と恐怖の声に変わっていた。

珠実に快感が駆け抜けていった。キリキリと咬み続けた。

美琶子は脚を突っ張り、足指をキュッと内側に曲げた。

「ゆ、許して……痛っ……お願い」

むやみに躰を引いては乳首を引きちぎられそうな気がして、美琶子は痛みを堪えながら哀願するしかなかった。

珠実はクッと最後のひと咬みをして美琶子に声をあげさせたあと、ようやく顔をあげた。

「私の言うことを聞くならお仕置はやめてもいいのよ。いやなら本当に咬みちぎってしまうわ」

「何でも聞くわ……だからもうやめて」

目尻に涙をためた美琶子の鼻頭は淡く染まり、ぱっくり食べてしまいたいほど可憐だ。珠実はまた着物の裾に手を分け入れ、秘芯を指で確かめた。小水かとまちがうほど濡れていた。ぬるぬるしているので辛うじて蜜液とわかったほどだ。

(この人、本当のマゾかしら……あれだけ強く咬んだのにこんなに濡れるなんて……信じられないわ……)

指先の蜜に昂ぶった。

「痛いって言いながら興奮してるじゃないの。旦那様に毎日愛されても足りなくて、昼間こっそり自分で慰めてたんじゃないの？　ね、図星でしょう？　乳首を咬みちぎられたくなかったら、いつもしてるように自分でしてみせて。全部脱いで、よく見えるようにね」

他人はどんなオナニーをするのだろうと興味が湧いた。

「早く！　待たないわよ」

珠実はオナニーを命じたことにいっそう昂ぶりを覚え、蜜をジュッと噴きこぼした。

「好き？　私のこと、好き？　好きなら……好きなら見せるわ……恥ずかしいけど見せてあげるわ……」

汗ばんだ額に落ちたほつれ毛を掻《か》きあげる美琶子のしぐさは大人のもので、言葉は少女のようだった。

「好きよ……好きだから痛いことしたくなるの……好きだから見たい……裸になってしてみせて。うんと恥ずかしいことしてみせて……」

珠実は熱くなった。

身につけていたものをすっかり落としてしまった美琶子の躰を、珠実はじっくり観察した。

やはり一本もない恥丘の茂み。それと対照的に、なくてもよい腋窩で若草のようにそよいでいる淡い茂み……。

女の腋窩の若草をこれまで目にした記憶のない珠実は、日曜日、美琶子のそれを知ったとき、見てはならないものを見てしまったようで慌てた。始末していない若草に女として羞恥を感じた。

だが、見慣れていないものをしばらく見ていると、恥ずかしいものではなく、エロティックなものに見えてきた。

細くやわらかで、ほんのり栗色がかった腋毛。ほかの女のものなら嫌悪を覚えるかもしれないが、遠慮がちに生えた美琶子の腋毛を見ていると、決して怠惰からそのままにしているのではなく、故意に自然のままにしているのだと思えた。

きょうも始末されていないそよそよした腋毛を見て、珠実はなぜかほっとした。

「さあ、してみせて……指でするの……それとも……」

何か道具でも使うの？　と口にしようとして、珠実は言葉を呑みこんだ。

かつて万年筆や小さな化粧瓶を使って慰めたことがあったが、それを知られるようで恥ずかしかった。

「して。いいって言うまでずっとするのよ」

半身を起こしてヘッドボードに背をつけた美琶子は、珠実の視線を意識して、おずおずと右の手を秘園に伸ばした。

「脚、もっとひらいて。もっと。いえ、もっとよ」

六十度ほどにひらいた脚のつけ根で、秘貝がサーモンピンクの粘膜をさらけ出した。

無毛の恥丘。無毛の大陰唇……。その淫猥な下身の眺めと、恥じらいを含んだ上品な美琶子の顔。そのアンバランスゆえに、珠実はひどく昂ぶった。

右の人さし指が肉のマメを包んだ包皮に触れたとき、美琶子は何かを訴えるような目を珠実に向け、濡れているような赤い紅のついた唇をほんの少しだけひらいた。

指がゆっくりと円を描くように動き始めた。

「あん……」

「見えないわ……ソコをひらいてしてよ……」

興奮に言葉が震えそうになった。

「こう？」

「そう。ああ、何ていやらしいの。いつもそうやってしてるくせに。旦那様が知ったらどうするかしら。愛してやった翌日に指でしてるなんて知ったら」

あの人は私以上に興奮するかしら……と、珠実は丹野の顔を浮かべた。

はじまったばかりの美琶子のオナニーに、珠実はすでにぐっしょり濡れていた。丹野なら、剛棒をいきり立たせて鈴口からカウパー氏腺液を垂らすのだろうか……。

そうやってほかのことも考えなければじっとしていられないほど、珠実は興奮していた。

「あん……あう……」

せつなげに薄い眉根を寄せ、自分の指に喘いでいる美琶子の唇の狭間から覗く白い歯が、妖しくぬめ光っていた。

喘ぐたびに張りのある腹部がひくつくと、白い乳房が同時に揺れた。

透明なペディキュアを塗った足指も、せわしなくピンと伸びたり内側に丸まったりしている。

クシュクシュ……。クリクリクリ……。クシュクシュクシュ……。そんな音がしてくるような細くしなやかな指の動きに、珠実の躰もズクズクしていた。

「指、入れないの？　そうするだけ？　ソコに指を入れて遊ぶんじゃないの？」

喉が渇いて声が掠れた。

うっすら頬に紅をさしたように熱っぽくなってきた美琶子が、指をとめた。

「だめ！　とめちゃだめ！　そう言ったでしょ」

慌てて美琶子が指を動かした。

「両手を使ってるんじゃ、ソコに入れるわけにはいかないわね。私が入れてあげる。だから、広げたまま続けるのよ」

ぬめついている秘壺に、珠実は横から二本の指を挿入した。

「ああっ……あん……あう……」

雪のような美琶子の鼠蹊部が突っ張り、尻がビクンと硬直した。

指に触れる女壺が熱い。肉のヒダがまとわりついてくる。喘ぎとともにキュッと締めつけてくる。

挿入した指をゆっくりと抽送した。

「んっくく……」

「ふふ、気持ちいいの？　気持ちいいのは自分の指で触ってるクリちゃん？　それとも、私の指の入ってるココ？」

「あはあ……」

指を回転させながら肉のヒダを撫でまわすと、たまらないといった声で喘ぎながら、美琶子は尻を淫らにくねりと動かした。

「自分の指で早くイッて。何回エクスタシーを感じたか、入れた指で確かめてあげるわ」

指を根元まで挿入した珠実は動きをとめた。

とまった指にむずかるように腰を動かした美琶子だったが、珠実が秘芯の指を動かさないと知ると、これまで以上にせわしなく、しなやかな指を動かした。

「あん……ああう……」

逆さのVをつくっている秘園をくつろげた指も、肉のマメを擦ったり震動を与えたりしている右の人さし指や中指の動きも、珠実は愛しくてならなかった。

「イクときはイクってちゃんと言うのよ」

ますます熱くなってきたように感じる秘壺と、小水のように流れている股間の蜜液に、珠実の秘芯もズクンズクンと脈打つように疼いていた。

このまま指を入れているだけでなく、乳房を揉《も》みしだき、唇を合わせ、花びらにも舌を這わせたかった。

（我慢しなくちゃ……このあといくらでもできるわ……一度はほかの女が自分の指でエクスタシーを迎えるときを見たいの……そのときどんなふうになるのか……どんな顔をするのか……）

「ああああ……もうすぐ……」

腹部のうねりも波打つ乳房の動きも、せわしなく大きくなってきた。

泣きそうな美琶子の顔は欲情をそそる。女の珠実がそう感じるのだから、男が今の美琶子を見れば、獣と化して襲いかかるのは目に見えている。

珠実の指が徐々に短い間隔で強く締めつけられるようになった。

「あう……ああ、あっ、あっ」

その声の調子は珠実に自分のオナニーの時を思い出させた。

（もうじきだわ……この呼吸と声でわかる……もうそこまできているのね……）

達する寸前の、その一瞬を待つときの気持……。急速に駆け昇ってくる待ちに待ったエクスタシーを手に入れる瞬間……。

「ああっ……んっ！　イクゥ！」

美琶子の総身が電流を浴びたようにビクッビクッと痙攣し、細い喉元が折れるように後ろに伸びきった。

閉じた目とひらいた口。珠実の指を押し出すほど収縮している女壺。びっしょり汗ばんで光っている桜色の肌……。

細胞のひとつひとつまで喘いでいるようなそれらと反対に、今まで花びらをくつろげていた左手と秘園をまさぐっていた右手は、そこで死んだように静止していた。

「三回……四回……五回……」

ひくつく肉襞の動きを珠実は数えた。

締めつけが弱くなってくる。やがて収縮が終わった。

ぐったりと手を落とした美琶子は、虚《うつ》ろな目で珠実を見つめた。

（最初に会った日、あのビルの最上階の和食のお店で、この人はこんな顔をしていたわ……お酒を呑んだからと丹野さんは言っていたけれど、この顔とおんなじ……）

あんなところでオナニーなどできるはずはないが、この虚ろで色っぽい顔は、あのときとあまりにもよく似ていた。

珠実は秘壺の指を出した。

「あう……」

空気を押し出すような掠れた美琶子の声は、珠実を誘っているようだ。

指は蜜でまぶされ、ふやけたようになっていた。

珠実はブラウスとスカートを脱いだ。スリップとブラジャーとショーツも脱いでいった。

美琶子はそんな珠実を、半身を起こして背中をバックボードに預けた姿のまま見つめていた。

「横になって……」

珠実の躰が、火照りを残した美琶子の白い総身にかぶさっていった。

2

「なかなか理想的なコーディネートをしてくれたと、丹野さんがたいそうご満悦だよ」

五十一歳になったという都留利行は髪は豊かだが白髪に近く、高級医療機器販売をしているというが、どちらかというとドクターの雰囲気があると珠実は思った。

「お気に入りの彫刻がようやく届いたので置いてみたとおっしゃっていましたが、それを拝見するまで私としては落ち着かないんです」

肝心の彫刻の写真さえ見ることができなかっただけに、照明コーディネーターの珠実としても、いつか見せられた三葉の写真から白い大理石の彫刻の雰囲気を想像して照明を考えるしかなく、不安だった。

紀元前五世紀後半のギリシャで作られたという白い大理石でできている女性の裸像のように可憐で、赤色砂岩でできているという二世紀のインドの女性像のように淫靡さを秘めており、南インドで出土したという十二世紀ごろのブロンズ像のように女の理想的な美を表している……。

そんな三体がミックスされたような像だという抽象的な丹野の説明に頼るほかはなかったし、ほかに、白い女性の像で、大きさは珠実ぐらい、つまり実物大と考えておけばいいと言われた。

珠実は最初、その像をあれこれ想像していたが、いつしか一体の像が浮かび上がり、定まった。それは、美琶子の姿だった。

可憐でいながら淫靡で、しかも白く美しいのは、珠実の知る限り美琶子しかいなかった。美琶子を刻んだ大理石を脳裏に描きながら、珠実は芸術的な照明を工夫してみた。もし、都留の言うように丹野が照明を気に入ってくれたというのなら、美琶子のおかげだ。はじめて丹野家を訪れてから、珠実は美琶子とすでに数回愛し合った。会えない日は電話して声を聞く。美琶子の声を聞くだけで躰が熱くなる。

きょうも一時も早く丹野家を訪れ、美琶子に会いたかった。丹野の気に入りの彫刻を見るより、美琶子に会うことの方に心が逸《はや》った。

全国の病院を駆けまわっている多忙な都留もきょうが都合がいいということで、かつて話題に出たこの男と途中で落ち合い、いっしょに訪れることになった。

「センスのいい丹野さんがたいそう気に入っているくらいだから、私のマンションの方も、ぜひともよろしく」

丹野が太鼓判を押したのだから、これから知合いの医者達も紹介したいと都留は言った。上客を紹介されることは、珠実の昇進にも繋《つな》がることになる。

(怖いくらいに運が向いてきたわ。仕事だけじゃなく美琶子さんとも知り合えた。女同士で愛し合うことがこんなに素晴らしいなんて……私は不倫をしてるんじゃないわ)

結婚して四年。火遊びのような不倫をしたことがあった。それほど心弾むことでもなかったし、夫へのうしろめたさが少しはあった。

だが、今はない。女同士だから不倫ではないという思いがあり、美琶子との逢瀬の楽しさに、罪の意識など感じる暇もない。

「マンションといっても、住まいは別にあって、そこを生活の場にしているわけじゃないから、それなりの雰囲気の照明を考えてもらいたいんだ。そろそろ飽きたところなんだ。しかし、うちに行くのはあとにしよう」

指定された喫茶店で落ち合ったのは、丹野家を訪問する前に、ぜひマンションを見てもらいたいと都留が言ったためだ。丹野から紹介された男なので不安はなかった。

「早くきみの腕前を拝見したくなった」

「でも、コーディネートされた丹野さんの家の部屋をまずは見てみないと不安なんですね？」

珠実は悪戯《いたずら》っぽく笑った。

「いや、丹野さんの目を信頼しているよ」

都留はきっぱりと言いきった。

玄関をあけたのは美琶子ではなく丹野だった。

恋人に会うときのように胸を高鳴らせていた珠実は、美琶子へ向けるはずだった妖しい微笑を、慌てて仕事上の笑みに変えた。

「あの……奥さまは……」

リビングにも美琶子はいない。

「上の部屋できみ達を迎える準備をしていて離れられないんだ。さあ、ふたりともさっそく見てくれないか」

ゆるやかなカーブを描く階段を先に立って昇っていく丹野は浮き立っていた。

「さすがにきみのコーディネートは完璧だ。白い彫刻がいろいろな雰囲気で楽しめる。さあ、自分の腕を再確認したまえ」

ドアをあけた丹野は珠実の背を軽く押した。

「あっ！」

目の前の光景に衝撃が走った。

黒いブラインドが下ろされ、外からの光が遮断された部屋で、イタリア製の背の高いスタンドの光だけが部屋の中心の像を間接的に照らしていた。

そのスタンドの光は、壁や天井に七色の光を浮かび上がらせるようになっている装飾用の照明だ。真っ白い像の鳩尾《みぞおち》あたりを中心に照らした光は、乳房から首筋に向かって、また、赤い布をつけた腹部から下に向かって徐々に淡い光彩を放ち、幻想的に像を彩っていた。

その白い像は大理石ではなく、肌のぬくもりを持つ美琶子だ。

美琶子は赤い腰巻きだけの姿で、大理石の像を置くべき場所に手を上げた格好で吊されている。爪先だけが辛うじて床についていた。

珠実が入ってくるなり、美琶子は顔をそむけた。ほかの照明がついていないことで細かい表情まではわからないが、珠実の心を疼かせる眉根を寄せた泣きそうな顔をしているようだ。

「このスタンド、おおいに気に入ったよ。ほかをつけなくても、これだけでもこんなにいいムードが出せるんだからな」

丹野の表情が、これまで珠実の見たこともない酷薄で高圧的なものに変わっていた。

「白い肌がこれほど妖しい雰囲気に照らし出されるとは意外だった。さすがにストリップショーでの七色のスポットライトとは大ちがいだ」

彫刻ではなく、上半身を晒した美琶子がライトに照らされていたことで考える余裕をなくしていた珠実は、丹野の笑いで現実に戻った。

「ど、どうして……解いてあげて。酷《ひど》い……」

珠実の手首にまわった赤いロープは、天井に埋めこまれた滑車に伸びていた。

「悪いことをした女房に、夫として仕置してるだけだ。私の目を盗んで不倫を犯していたんだ」

「嘘……」

「不倫といっても、相手は女らしいがね」

珠実はゴクリと喉を鳴らした。

リモコンで天井のスポットライトのひとつがつき、美琶子の顔の部分だけを明るく照らし出した。

はっとしてさらに顔をそらした美琶子の細い首がねじれ、日本的な横顔が浮かび上がった。闇に浮かんだ美琶子だけが部分的に明るく、周囲は仄暗《ほのぐら》かった。

じっとり汗の滲んだ珠実は、鼓動の高鳴りを抑えることができなかった。

「ちょうど仕置をするところだったんだ」

丹野の手には黒い鞭《むち》が握られていた。

ヒュッと空を切る音がしたのと、肉を弾《はじ》く音がしたのはほとんど同時だった。

「ヒッ！」

美琶子の躰がしなった。

「私は鞭で女房を仕置することにしてるんだ」

「やめて……」

珠実の声が震えた。

また丹野が鞭を振り上げた。シュッと薄闇を切った鞭は、美琶子の赤い腰巻きに当たった。

「あう！」

美琶子の乳房が七色の光を浴びて揺れた。

「やめて！　とめて！　お願い！」

叫んだあと、都留がいたことを思い出して振り返った。

「女房に対する仕置と言われちゃね」

「そんな……こんな酷いこと……」

女を鞭打つ野蛮で残酷な行為に対する都留の意外な言葉に、珠実は慄然《りつぜん》とした。

「最近何回も女と乳くりあって楽しんでいたと言うんだ。私に毎日のように抱かれていながら淫乱な女だろう？　人間というより動物に近い女には、躰に教えこむしかないんだよ。こうやって」

美琶子のうしろにまわった丹野は、今度は尻を打ちのめした。

「ヒイッ！」

美琶子の総身がゆらゆら揺れた。

「やめて！」

 他人がいる前で半身を晒した妻を見せることができる丹野と、そんな想像を絶する行為を行なっている友人を冷静に見ているとしか思えない都留に珠実は絶望した。そして、恐ろしかった。

「やめて。でないと……警察を呼ぶわ……美琶子さんを解いて……」

「できないね」

冷たい笑いを浮かべた丹野に、珠実はぞくりとした。部屋の一部しか照らしていない照明に、丹野の顔の翳りが強調された。

「こんなこと……いくら旦那様でも許されないわ」

愛する美琶子を暴力で嬲《なぶ》られることを、珠実が許せるはずはなかった。

(警察に助けてもらうしかないわ……)

珠実は部屋を飛び出そうとした。

「おっと、トイレかい？」

都留が珠実の腕をつかんで引き戻した。

「放して！　帰るの」

「きみがこの部屋の素晴らしい照明をコーディネートしたんじゃないか。その照明による演出をじっくり見ないで帰るなんて冗談だろう？」

ぐいとつかまれた腕は、どんなにあがいても離せなかった。

「この部屋に飾る白い大理石でできたウブでいて淫靡な感じの彫刻というのは美琶子のことだったんだ。気に入りの彫刻という言葉を使ったがね。だが、きょうからまた一体、気に入りの彫刻が増えそうだよ。あとで、置き換えてみるつもりだ」

すっかり部屋を明るくした丹野が、舌なめずりするように珠実を見つめた。

「い、いやっ！」

美琶子がとうにその計画を知り、丹野に命じられるままに行動していたなど、珠実には想像もできなかった。珠実との行為を、逐一細かいところまで報告されていたことも知るはずがない。

「美琶子は口を割ったよ。きみとそうとう猥褻なことを続けていたようだね。うちに来て、きみは掛軸の風鎮を美琶子のアソコに押しこんだこともあったそうじゃないか。アソコ、わかるね、オマ×コだよ」

「い、いやァ！」

火のように真っ赤になった珠実は、両手で顔をおおって汗を噴きこぼした。

「淫乱な美琶子はそれが気に入ったようでね」

丹野が薄く笑ったとき、都留が珠実の手を顔から引きはがした。

丹野の掌にはあのときの風鎮がのっていた。

「い、いやっ！」

あまりの羞恥に、汗がツツッと腋の下をしたたっていった。

淫猥な美琶子との秘密をときおり思い出しては熱くなっていた珠実だが、第三者に知られてしまった今、屈辱以外の何ものでもなかった。

「美琶子だけでなく、きみのオマ×コにもこれが入ったそうじゃないか。子供も生んでいないというのにゆるんでしまってるんじゃないのか」

「や、やめて！」

耳を塞ごうとして都留の手に遮られ、珠実は口を歪めて笑う丹野に正面から見つめられて顔をそむけた。

「まあ、それはあとでわかる。まずは美琶子がこれからどんな顔をするか、ゆっくり見物することだ。乳くりあった相手だけに興味があるだろう？」

「あう！」

珠実は都留によって美琶子と同じ赤いロープでうしろ手にいましめられ、壁際の椅子にくくりつけられた。

「いやっ！　いや！　やめて！」

この部屋に完璧な防音が施してあるのはわかっていても、声をあげないわけにはいかなかった。

珠実を拘束した都留に、丹野は黒い房鞭を渡した。

「美琶子の仕置はきみに任せるよ。私は美琶子の不倫相手とじっくり見物させてもらうことにする」

珠実の横の椅子に腰を下ろした丹野は、手にしたリモコンで、室内の照明を変化させて楽しんだ。

妻をほかの男に仕置させる……。

珠実には理解できない時間が訪れようとしていた。

3

きりきりと伸びきった美琶子の二の腕の内側を、都留の持った房鞭の柄が這い上がっていった。そよそよした腋の若草が震えた。

重なり合った掌を丸めて拳《こぶし》を握るようにしている美琶子は、切なそうな顔でかすかな感触を受け止めていた。

「レズでしか味わえない悦びもあるだろうが、男としか味わえない悦びもある。どちらも知って幸せだろう？」

鞭の柄は美琶子の顎をぐいと持ち上げた。

「だが、とろとろした幸せもいいが、痛みや屈辱も味わい深い。そう思うだろう？　彼女に、私は恥ずかしいマゾ女ですと言ってみろ」

美琶子はちらりと珠実に視線をやり、口をつぐんだ。

「ご主人さまのどんな恥ずかしい命令にも従うマゾ女です、だろう？　言わないのか？」

「あう……」

鞭の柄がさらにぐいと顎を持ち上げた。美琶子の首は不自然なほど痛々しく反り返った。乳房がそのぶん前に突き出し、爪先立っているため、鳩尾から腹部にかけての筋肉が張りつめた。

「レズの相手がいると言いにくいか」

医療器具販売をしているというより、医師の風格に近いものを持っていると珠実が初対面で思った都留も、丹野のように豹変していた。

何かがちがう……。丹野と都留の関係。丹野と美琶子の関係。美琶子と都留の関係……。

美琶子は破廉恥に拘束されていながら助けを求めようとはしていない。

珠実は恐怖のなかで、もつれた糸をほぐそうとした。だが、それはいっそうもつれていくだけだった。

鈴のついた洗濯挟みが、大きな乳暈の真ん中で立ち上がっている右の乳首をつまんだ。

「ヒッ！」

苦痛に身をよじった美琶子に赤いロープが揺れ、鈴の音とともに天井の滑車が乾いた金属音をたてた。

左の乳首にも洗濯挟みがついた。

「痛っ！」

感じるだけにデリケートな乳首。それを異物でつままれている美琶子の苦痛が手に取るように伝わってくる。

珠実は顔をそむけた。それを丹野が力ずくで捻り戻した。

「痛い……許して……」

両手をバンザイの格好で拘束されていてはどうすることもできず、美琶子は上半身をくねらせ、少しでも痛みから解放されようとした。

白い鳥の羽根を手にした都留が、乳首の周辺を撫でまわした。羽根は徐々に臍《へそ》のあたりまで下りていき、腰巻きまでくると背中にまわり、上方に移っていった。

「あああ……いや……いや……」

脇の線が特に感じる美琶子は、腋に向かって上っていくくすぐったい羽根の感触に声をあげ、くねくねと総身をくねらせながら、羽根から逃れようとしていた。

乳首は痺《しび》れるように痛い。だが、それより、羽根の方が我慢できなかった。美琶子はくすぐりには弱い。羽根で責められれば、痛みより苦痛は大きい。

「許して……いや……あう……許してください……」

羽根は腋窩の若草をかすかにゆらすように撫ではじめた。

「いやっ！　ヒッ！　そ、そこはいや！　ううん……」

首を振り、喉を突き出し、躰をくねらせるたびに、乳首の鈴がチリッチリンと涼しげな音をたてた。音の愛らしさと裏腹に、美琶子は喉を振り絞って救いの言葉を吐いた。

「やめてほしけりゃ、さっきの言葉を言うんだな」

腋窩を中心に、羽根は二の腕と脇腹を間延びした動きで行ったり来たりした。そのたびに精いっぱい暴れる美琶子にロープがビンビンと張り、爪先が床を押した。

「ヒイッ！　やめて！　私は……私はマゾ女です……どんなに恥ずかしい命令にも従う女です……やめて……ああっ……やめてください……ご、ご主人さまっ！」

舌を噛《か》み切ってしまいたくなるほどのくすぐりの苦痛に、美琶子はむだと知りながら腋を隠そうと、吊された腕を引き寄せようとした。

鈴がひときわ大きな音をたてた。

羽根による責めがやんだ。

「そこの彼女にはじめて会ったとき、恥ずかしい命令とやらに従ったと聞いたが、どんなことだ。彼女に教えてやれ」

不自然な格好で体力を使い果たしただけに、乳首の痛みは最初より鈍化していた。額にへばりついた数本のほつれ毛が、美琶子を恐ろしいほど妖艶に見せた。

珠実を見つめて口ごもった美琶子に、鞭が飛んだ。

「ヒイッ！」

鞭は乳首に当たることなく、洗濯挟みだけに当たって勢いよく床に飛ばした。

「いやっ！」

「もうひとつだ」

「ヒッ！」

左の洗濯挟みも床に飛んでチリンと音をたた。

苦痛に歪んだ美琶子に憐憫《れんびん》も見せず、都留はうしろにまわって背中を打ちのめした。

「ああっ！　あう！」

肉を弾く音に珠実はおぞけだった。

先の分かれた房鞭が一本鞭ほど苦痛を与えないことも、手慣れた者が使えばプレイのための安全な道具だということも珠実にわかるはずがなかった。

素晴らしい一体の彫刻のために照明をコーディネートしたつもりの部屋が、拷問部屋に使われているというおぞましい現実に、珠実は絶望と怒りを感じた。

躰をまさぐりあった愛らしく妖しく淫靡な美琶子が目の前に吊され、打ちのめされている。それも夫の前で、彼に許されたその友人が美琶子を折檻しているのだ。

細い折れそうな手首のロープに全体重をかけている美琶子が、声をあげて揺れている。

白い剝き出しの乳房も、汗にまみれてへばりついている額やこめかみの髪も、ようやく床につくことを許されている爪先も、珠実の目には壊れる寸前の危ういガラスの置物に見えた。

「ヒッ！　あう！」

「やめて！　やめて！　やめてっ！」

椅子ごとガタガタ揺するようにして、珠実は目の前の光景に総身で拒否反応を示した。

「おまえが声をあげることはないだろう？　今しがたこの女は自分の口でマゾ女と言ったじゃないか。動物のように鞭打たれるのが好きなんだ」

都留の珠実に対する呼び方が、「きみ」から「おまえ」に変わっていた。

鞭の柄で美琶子の赤い腰巻きの裾をいやらしくまくりあげた都留は、腰巻きの紐に裾を挟んで秘園を剝き出しにした。

美琶子は眉根を寄せ、切なそうな表情を浮かべた。

翳りのない恥丘も、汗にねっとり光って見えた。

「ココがすっかりオツユで濡れているはずだ」

「あう……」

鞭の柄をふっくらしたあわい目に押しつけた。

美琶子の腰が緊張し、爪先の位置がわずかにずれた。

鞭の柄を捻るようにした都留はすぐに引き戻し、それを珠実の目の前に差し出した。

黒い鞭の柄はぐっしょり濡れていた。

「舐めてみればオシッコじゃないとわかる。この女とレズったとき、むろん舐めあったんだろう？　味はわかってるな」

ニヤリとした都留は、濡れた柄を珠実の閉じた唇の間に押しこんだ。

「うくっ……」

やや塩辛いぬめりを無理矢理味わわされた珠実は、鞭打たれて声をあげていた美琶子が蜜液を溢れさせていた事実に愕然《がくぜん》とした。

「美琶子の正体、何度か躰を合わせてわかっていただろう？　辱められる方が性に合っている。それで悦ぶ女だ。最初、あのホテルの最上階で食事したとき……」

美琶子の秘芯に小さなバイブレーターを埋め込んでいたこと、珠実がトイレに立ったとき操作したこと、あの席で美琶子が昇りつめたことなどを、丹野は面白そうに語った。

（お酒のせいじゃなかったのね……そんな恥ずかしいことを……）

説明されてみれば、あのときの美琶子のようすが納得できる。

「バイブレーター、夫婦でたまに使ってるだろう？」

「そ、そんなもの……そんなものなんて知りません！」

珠実は火照りながら否定した。実物を見たこともない。ほんの一部の異常な男達が手にするものと思っていた。

「ほう、ほんとうに知らないのか。たまに使うのもいいものだと思うがな。あの日、美琶子の淫らなオマ×コに入れていたのはこれだよ」

丹野はピンクの親指ほどしかない小さな卵形のバイブをポケットから出した。

「ここで震動の強弱も操作できるというわけだ」

スイッチが入り、ブーンと震動音が広がった。最初かすかに震動していた卵は、丹野の掌の上で激しく動きまわった。

「小さいがなかなか凄《すご》い威力だ。ペニスの格好をしたこんなバイブよりいいかもしれん。まだ経験がないなら、数秒で昇天だろうな」

黒いグロテスクな大きなバイブを出した丹野は、息を呑んでいる珠実を愉快そうに眺めた。

その間に都留は美琶子を爪先立ちから解放してやり、束縛を解いた。

「これを使ってくれ」

丹野は両方のバイブを都留に渡すと、部屋の照明を落とし、美琶子の裸体だけに照明を当てた。

白い肌とまくれ上がった赤い腰巻きの原色の対比は鮮やかで美しく、猥褻だった。

自由になっても美琶子は逃げようとしなかった。

「舐めろ」

黒い男形を都留が腰のあたりに差し出すと、美琶子はひざまずき、それを両手で包むようにして咥《くわ》えこんだ。

手首にロープのあとがくっきりとついているのが痛々しい。

ためらいも見せずに都留に従い、屈辱的な行為をしている美琶子が、珠実には異様に思えた。

「イヌになって尻をあげろ。年中発情してる女にはふさわしい格好だからな」

美琶子は珠実をちらりと見つめて迷いを見せた。

「早くしろ！」

「あう！」

後頭部をぐいと押されて、美琶子は床に手をついた。

「尻は見物人に向けるものだろう？」

躰の向きを変えさせた都留は、臀部をかろうじて覆っていた布を思いきりまくり上げた。

腰巻きはリングのようにウェストあたりにまきついているだけになった。

深いすぼまりにスポットライトが当たった。撫子色《なでしこいろ》の可憐な秘菊がそこだけ丸く照らされて、珠実は自分が屈辱を受けているように汗ばんだ。

珠実はうしろを愛されたことはない。そんなふうにしてアヌスを見つめられた経験もない。美琶子をそうやって見つめたこともなかった。それだけに、恥ずかしさはひとしおだ。けれど、妖しく躰の芯が疼いた。

静止している卵形のピンクのバイブが四つん這いになっている美琶子の秘芯に押しこめられた。わずかに背中が反って、尻がくねった。

「どんなふうにアナルをいじりあったんだ」

また口を閉じた美琶子に、スパンキングが飛んだ。

「ヒッ！」

パシッと、とびきり弾んだ肉音がした。

「質問されたらさっさとこたえろ。尻もいじくりあったんだろう？」

「いいえ……」

「いいえだと？　ケツを差し出してせがんだんじゃないのか？」

「いいえ……」

美琶子の顔は見えないが、恥辱に小刻みに震えているのはわかった。

「それが本当なら欲求不満になっただろう？　どうしてケツをいじられるのが好きだと言わなかった。今度からいじってもらえるように彼女の前で本当のことを言ってみろ」

押し黙っている美琶子にまたスパンクが飛んだ。

「あう！　あっ！　ヒッ！」

掌で肉を弾く音の凄さに珠実はびくついた。

白い双丘に赤い手の形がついていく。打たれるたびに美琶子の躰が前のめりになり、豊かな臀部がビクンと跳ねた。

「きょうのおまえはどうも素直に言うことが聞けないようだな。そんなにあの女が気になるか」

美琶子は最初は丹野に命じられて珠実を誘った。けれど、徐々に珠実にのめりこんでいった。最初こそ、美琶子の恐れているクリトリスピアスをされたくないとか、背中に刺青《いれずみ》をされるのはいやだとか思う気持から、仕置を避けるために珠実を必死で誘った。

だが、今ではそんなことはどこかに追いやられ、ネコとして、タチの珠実に自由にされたいという思いだけになっていた。

珠実を好きになるほどに、丹野に命じられたいきさつや、それを隠し続けていることに罪の意識を感じるようになった。

（もうじき珠実さんは丹野に弄《もてあそ》ばれるんだわ……そしたら、珠実さんもM女になってしまうのかしら……騙《だま》した私を恨むのかしら……）

事実を告白したいという思いに何度もとらわれた。だが、丹野の奴隷として長く調教されてきた美琶子には、やはり主人を裏切ることはできなかった。

そして、ついにきょうという日が訪れた。近くで拘束されている珠実。そんな珠実がいては、いつものようなプレイができるはずがなかった。

「ケツが好きと言えないのか！」

「ヒイッ！」

ひときわ強いスパンキングに、ついに美琶子は前のめりに倒れた。

秘芯に押しこめられているバイブと、体の外に出ているスイッチ部分は、やけに猥褻な眺めだ。

「立って淫乱なオマ×コを広げろ。花びらにいいものをつけてやる。重くてちぎれるかもしれんな」

「いや……」

「逆さに吊りさげて責められるのとどっちがいい」

ロープを取った都留に、美琶子は喉を鳴らして立ち上がり、肩幅ほど脚を広げてつるつるの大陰唇を左右にくつろげた。

ぽってりした大きめの花びらが現れて咲きひらいた。そのあわいで、剝き出しのパープルピンクの濡れた粘膜が光っていた。そこからバイブの線が出て、スイッチ部分が宙ぶらりんになった。

美琶子が美しいだけに、それだけでも恥ずかしすぎる光景だった。

(酷い……あんなに辱めるなんて……それに、夫でありながら、この人は黙って見ているなんて……)

珠実に怒りがこみあげた。

都留は秘園をくつろげている美琶子の花びらに小さな洗濯挟みのようなものをつけたが、それには鎖がついており、金属の玉が繋いであった。

「あぅう……」

苦痛に脚を震わせた美琶子だが、女園をくつろげている手を離そうとはしなかった。もう一枚の花びらにも錘《おもり》がついた。

「あああ……」

「一時間でも二時間でもそうしているといい。花びらが伸びてみっともなくなるぞ」

「ああ……許して……」

命令は絶対なのか、二枚の花びらと秘芯から恥ずかしいものを下げたまま、美琶子は屈辱に耐えていた。

それを見せられている珠実も、あまりの破廉恥さに耐えきれなくなった。

「もうやめて……いや……いやよ……美琶子さんを助けて……私をここから出して……もういや」

顔をそむければ丹野に力ずくでねじ戻される珠実は、いやいやと首を振った。

「まだほんの遊びだ。本当のプレイとはこんな甘いものじゃない。きみをあまり怖がらせないように、彼は軽く戯れてるだけなのさ」

丹野はフフンと鼻先で笑った。

（これより酷いことがあるっていうの……嘘……）

戦慄が駆け抜けた。

都留は指先で鎖を揺らした。

「あう、いや……」

「彼女にどんなことをされるのが好きか告白しろ。言うまでこのままだぞ」

バイブのスイッチを強めた。

「んんっ……いや……あう……」

脚も、秘園をくつろげている手もブルブルと震えた。美琶子は口をあけて首を振り立てた。

「いやいやいやいや」

「もっと強くするか？」

「ああう！　や、やめて！」

身悶《みもだ》えながらも外側の花びらから手を離さないのは、奴隷の哀しい宿命だった。

「ん、ん、くうっ！」

昇りつめた美琶子は総身をのけぞらせて痙攣した。

「と、止めて！　言います。何でも言いますから！」

都留はバイブのスイッチを切った。

小水を洩らしたように蜜液がしたたっていた。

「何でも言います。だから錘をはずしてください」

「言ってからだ」

「私は……ア、アヌスを触られるのが好きです……」

「どんなふうにだ」

「お、お口で舐めてもらったり……指で触ってもらったり……」

「それだけか?」

「入れてもらったり……」

「何をだ」

「指やバイブや……」

「どうして彼女にそうして欲しいと言わなかった」

「…………」

「ノーマルを装っていたってわけか。おまえは上品な顔をしていながら変態行為が大好きなんだ。そうだな?」

顎を持ち上げられ、美琶子は洟をすすった。

「また口を閉じるつもりか」

「す、好きです」

「何が好きなんだ。ガキじゃあるまいし、俺にいちいち言わせるな！」

「ア、アブノーマルなことが、好きです……ア、アナルセックスも……鞭も……いましめも……」

美琶子はうなだれた。

「そういうわけだ」

都留は目を見ひらいている珠実を小気味よさそうに見つめた。

（アナルセックスですって？　ホモ同士がするっていうあれ？　美琶子さんが？　嘘よ……）

ノーマルな性の経験しかない珠実には、非現実すぎる言葉だった。

「よし、好きなことをしてやるから、また四つん這いになってケツを突き出すんだ」

バイブだけは相変わらず秘芯からぶら下げている美琶子が、また珠実のいる方に向かって尻を掲げた。

蜜を女芯から掬《すく》い取った都留がそれを菊蕾に塗りつけ、すぼまりを指で揉みほぐしはじめた。

「あん……あう……」

これまでとちがう甘い喘ぎが洩れはじめた。尻が卑猥にくねくねと揺れた。

蜜を掬っては菊口に塗りこめながら、指がすぼまりに入りこんだ。

「くっ……」

指の抽送がはじまると、やがてチュクッと音がした。

「あああ……はあっ……あう……」

夢見心地に揺れているとしか思えない美琶子を珠実は凝視した。

(こんなに恥ずかしいことをされていながらどうしてそんな声を上げるの……排泄器官なのよ……恥ずかしい……どうしてなの……私だったら耐えられない……そんなことされたら死ぬしかないわ……)

喉がからからに渇いた。

挿入されている指は二本になり、抽送だけでなく、抉《えぐ》るように動いたりもした。

「ああ……あう」

感きわまったという喘ぎをあげながら、美琶子は喉をのけぞらせていた。

黒いバイブを手にした都留は秘芯に先を押し当てて蜜をまぶすと、菊蕾に当て、ねじこむようにした。

「んくっ……あう……」

「どうした、息を吐け。でかいやつをぶちこんでやる」

「ああう……」

二本の指を入れて動かしているだけでも呆気《あっけ》にとられ、おぞけだっていた珠実は、普通の男の肉茎より太いバイブをねじこもうとしている都留に愕然とした。

「どうした、入らんはずはないだろう？」

「ああ……だめ……ローションを塗ってください」

泣きそうな声がした。しかし、決して拒もうとしている声ではなかった。

「自分のジュースで十分だろう？」

切られていた秘芯のバイブにスイッチが入った。そこから溢れる蜜を掬ってはアヌスに塗りこめながら、黒い男形は少しずつ確実に、うしろのすぼまりに押しこめられていった。

「あは……んんん……」

粘膜を押し広げ、バイブはアヌスに入りこんだ。

「美琶子があのくらいのものを呑みこむまでには時間がかかった。ひとりひとりつくりがちがう。開発するのにかかる時間は、それぞれちがうということだ。時間がかかる方が楽しみがあるがな」

丹野の意味ありげな笑いに珠実は鳥肌立った。

(まさか……私を……そんな……いやよ……)

胸を激しく喘がせた。

数回バイブを抽送した都留は、ズボンを下ろし、黒光りした太い自分の剛直を美琶子のうしろのすぼまりに沈めていった。

「あぁう……」

「どうだ、いいか」

「ああ、はい……」

突き刺され、こねられながら声をあげ、揺れ動き、美琶子は汗を噴きこぼしながら快感に身をゆだねていた。

(こんなこと……)

珠実は喘いだ。現実の光景とは思えなかった。

第三章　菊蕾の目覚め

1

四つん這いでうしろのすぼまりを犯され、気をやった美琶子は、クタクタになってそのまま床に伏していた。

そんな妻を見やったあと、丹野は珠実に顔を向けた。

「何度も美琶子を相手にしたということは、欲求不満だったのか。それとも、夫がいながら、実はレズだった。あるいは両刀遣いだったというわけか」

客としての言葉遣いはすでになかった。

「少なくともアブノーマルな性を拒否するタイプではないらしい。だから、これからのきみの調教が楽しみだ」

「触ったら許さないわ……罪を犯す気？　早く解いて……」

おぞましい光景を見てしまったあとで、恐れが渦巻いていた。

どんなに理不尽だと思っても、美琶子は納得しているのかもしれない。けれど、珠実は辱めを受けることを許せるはずがなかった。プライドがあった。

最初こそ美琶子に誘われ、わけがわからぬままにネコのようになってしまったが、やがて立場は逆になり、主導権を握り、タチ役で美琶子を可愛がるようにさえなった。そんな珠実だけに、男の意のままになれるはずがなかった。仕事も男と同等に張り合っているのだ。

「最初は拒んでも、あとで受け入れれば合意の上ということになる」

「合意なんてするはずがないわ」

「ほう、元気がいいな。だが、私はこの屋敷を賭けたっていい。きみは私にひざまずく。美琶子のように従順になるはずだ」

「なるものですか」

「そのくらい元気な方が調教のやりがいがあるというものだ」

調教というおぞましい言葉に、珠実は怒りを感じて丹野を睨《にら》みつけた。

気を失ったように床に俯《うつぶ》せていた美琶子がゆっくりと半身を持ち上げ、ふらりと起き上がった。

まくりあげられ、落ちないように紐に挟みこまれた赤い腰巻きの猥褻さに気づくと、美琶子は自分で下ろして腰を隠した。

った。

「シャワーを浴びてこい。さっさと戻ってくるんだぞ」

顎で指図する丹野に、美琶子は頭を軽く下げ、珠実に哀しい視線をちらりと向けて出ていった。

「解いて！　触ったら訴えるわ！」

このままおとなしく帰してはもらえないと感じた珠実は、拘束から逃れようと躰をくねらせ、いましめをはずそうと躍起になった。

「あなた達、ふたりとも、ぐるだったのね」

「三人だ」

「三人？」

「美琶子は入れないのか」

「そんな……」

「うまくきみを誘えなかったら背中一面に彫物をすると脅したんだ。だから、必死に誘惑してくれた。美琶子はこうなるための水先案内人だったんだ」

あれほど愛しいと思っていた美琶子が最初から自分を騙していたと知り、珠実は怒りでいっぱいになった。

美琶子を丹野と都留が共有することがあったのではないかということは、この部屋に入ったときからの会話などでわかっていたが、珠実が拘束されたのは、美琶子との関係を知られて嫉妬されたあげくのことと思っていた。

「ショールームで何日かきみを観察していた。そのときから、こうなることは決まっていたんだ。自分のコーディネートした照明に照らされながらプレイできるなんて幸せじゃないか。まだ知らないことをいろいろ教えてやろう」

「いや！　解いて！」

ロープは解かれたものの、ふたりがかりで挑まれ、セーターとスカートは簡単に剝がされてしまった。

淡いブラウンのインナーとストッキングだけになった珠実は、それだけでも屈辱を感じた。

「泣き寝入りなんかしないわ！　ふたりとも後悔するわよ！　塾長がレイプ魔なんて新聞に書かれたら信用台無しよ。あなたも会社を首になるわ。わかってるんでしょうね」

「そういえば、死人に口無しって言葉があったな」

丹野の言葉に都留が頷いた。

「殺人なんか犯して……ばれないと思ってるの？　今夜中に夫が捜索願いを出すわ」

レイプされて殺されるのかと思うと、強気の言葉とは裏腹に足が震えた。

「魅力的な女を殺すなど、そんな勿体《もったい》ないことはしない。より美しくなってもらいたい。それだけさ」

「やめて！　許さないわ！　放して！」

足を踏ん張ったがむだだった。

手首をひとつにして吊され、足は六十度ほどひらいて固定された。足裏はかろうじて床についている。

「放して！　やめて！」

喉が痛くなるほど叫びながら、拘束されてしまったあとも恥も外聞もなく暴れた。

ロープがきしんだ。

肌を傷つけないようにロープの下にタオルが巻かれていたが、暴れるほどにタオルごとロープが食いこんだ。

躰をよじったり足を引っ張ったりして、足首のロープをはずそうともした。股関節がはずれそうなほど激しく動いた。

「風に揺れる蓑虫《みのむし》のようで風情がありますなァ」

都留の言葉に丹野がクッと笑った。

「なるほど、蓑虫ね。最近とんと見かけなくなった」

「ろくでなし！　解いて！」

鏡に映った屈辱の姿を否応なく見せつけられながら、珠実は今まで以上に暴れた。象牙のイヤリングが片方床に落ちた。

「解いて！　早く！」

「人にものを頼むときは丁寧に言うもんだ。解いてくださいだろう？　言ってみろ」

「いや！　解いて！」

部屋の照明が闇に近いほど落とされ、インナーをつけたまま人の字に吊された珠実の顔だけにスポットライトが当たった。

珠実は顔をそむけた。

自分だけ照らされると心理的に追いこまれていく。暴れることも叫ぶこともできなくなった。

「消して……やめて……」

顔をそむけても、横顔はスポットライトから逃れることができなかった。

ふたりは何もせず、ただ椅子に座って珠実を見つめていた。

自分の表情が激しい怒りから不安に変わっていくのが、珠実にもわかった。

「見ないで……やめて……消して……」

言葉はいつしか哀願に変わっていた。

ふたりは無言のままだった。

（いやいやいや……もういや……）

珠実の胸が大きく喘いだ。じっとしているとおかしくなりそうで、身をくねらせた。

「風に吹かれていた蓑虫が静かになりましたな」

「蓑虫というのは、雄は羽化して飛び立って行くが、雌は羽化しない。つまり、この蓑虫はどうやら一生このままぶら下がっている運命の雌のようですよ」

「ほう、蓑虫の雌は袋に入ったら籠《こも》りっきりですか。さすがに丹野さんは物知りだ」

ふたりの笑いに、珠実は唇を噛んだ。

「蓑虫の蓑を剝がしてやれば、もしかして羽化して飛び立つことができるかもしれない」

「なるほど」

ニヤッとしたふたりがどんな意味で言ったのかわかり、珠実はかっと汗ばんだ。

「蓑虫本来の姿を観察してみることにしますか」

正面から顔だけ照らしていたスポットライトが消え、珠実の頭上に円を描くように埋めこまれている五つのダウンライトがついた。

珠実の総身が上からの照明にすっぽり包まれて、周囲の闇から浮き上がった。腕の産毛が金色に輝いている。

「なかなか素晴らしい照明効果だ」

「四十八手ならぬ四十八種の変化が楽しめそうでしょう？　まだまだたくさんの照明効果を考えてくれていますよ」

丹野の依頼どおり、一体の彫刻をさまざまな雰囲気で楽しんでもらおうと、考えつく限りのアイディアを出した。費用はいくらかかってもいいと言われた。それが今、自分を晒しものにするために使われている……。

闇に閉ざされた部屋の中央にぽっかりあいた円柱形の光は、屈辱的な、痛いほど皮膚を刺す残酷な明りだった。

丹野がスリップの肩紐を鋏《はさみ》で切った。

「やめて！」

悲鳴が迸《ほとばし》った。鼓動が急に速くなり、腋の下を汗がツッと流れ落ちた。

落ちていったスリップは脚をひらいているため床まで届かず、ふくらはぎでとまった。

ブラジャーとショーツとパンティストッキングだけになった珠実は鳥肌立った。

次に丹野は、ブラジャーの肩紐を両方とも切った。

乳房にぴったりフィットしているブラジャーは、背中のホックで押えられているため、そのまま変化はなかった。

ホックをはずせば落ちるのがわかっていながら、丹野は故意に鋏の切っ先を乳房の谷間から上に向かって押しこんだ。

「ヒッ！」

金属の冷たさと恐怖に珠実は蒼白になった。

目を見ひらき、口を半びらきにしたまま凍りついたようになっている珠実を正面から見やった丹野は、ニッと笑っておもむろに鋏を動かした。

「あう……」

乳房を押えこんでいたブラジャーが、またたくまに落ちていった。

包むものをなくした八十五センチの張りのある乳房は、弾くような勢いでまろび出て揺れた。乳房の下で、ドクドクと鼓動が騒いでいる。

「いい形だ。だが、左の乳首の方が大きいのは一目瞭然《いちもくりょうぜん》だ。連れ合いは無意識に左の乳首ばかり頬張るようだな。それとも、結婚前の男の癖だったのかな。同じ大きさにしてほしければしてやるぞ」

丹野は鋏の先で大きい方の乳首をつついた。

「あう……」

みるみるうちにしこり、沈みかげんだった触られていない方の右の乳首まで立ち上がってきた。それも丹野は鋏の先でつついて弄んだ。

小さな果実の先から手足に向かってゾクゾクと広がっていくのは、快感とも恐怖ともつかない冷気だ。なめらかな乳房が小さく粟立ち、掌は汗でぬるぬるになった。

「きみのような美的な仕事をしている者がパンストじゃ問題だな。鏡を見たまえ。絵にならんだろう。あとでガーターベルトをプレゼントしてやるから、これからはパンストはやめたまえ。洋服のとき、美琶子はそんなやぼったいものは穿《は》かない」

臍を隠し、五十九センチのくびれたウェストでとまっているパンティストッキングにも鋏が入れられた。腹部に向かって一直線に進み、恥丘のあたりで方向を変え、右の太腿から甲に向かった。

傷つけられることはないとわかっていても、金属の一辺がツッと肌を這っていく不気味さに、珠実は総身をこわばらせ、頭の上で向かい合っている掌をギュッとつかんだ。

「おとなしく脱いでくれるようなら、こんな面倒なことも無駄なこともしなくてすんだんだ」

左の脚も鋏が這い下りていった。

パンストは途中でとまっていたスリップといっしょに、グイッと足元から引き抜かれた。

次に鋏が這うところは考えるまでもなかった。

「いやァ！」

壁に跳ね返るほど絶叫した珠実は、手足のロープを引きちぎろうともがいた。乳房が揺れ、ロープはビンビンと音をたてた。

「いや！　やめて！　いやァ！」

部屋がすっぽり闇に沈んだ。そして、最初のように、珠実の顔だけにスポットライトが当たった。

叫びがやんだ。

珠実の唇は小刻みに震えていた。

顔だけ照らされて見つめられると硬直する。叫んだり抗《あらが》ったりする表情を見られるのを避けたいと、ある種の勢いがそがれ、視線から逃れることだけを考えてしまう。

珠実は顔をそむけた。明りの残酷さを味わっていた。明りに残酷な一面があるのを、きょうはじめて知った。

「どうせ外には洩れないいんだ。いくらでも大声をあげていいんだよ。抗うのもけっこう。獲物は元気なほどいい。能面のような顔じゃ面白くない。おおいに怒ったり泣いたりしたまえ」

丹野はそれきり口をつぐみ、都留も沈黙した。

薄闇のなかにいるふたりの表情は珠実にはわからない。珠実の顔だけが光のなかにあり、闇のふたりは、珠実の表情のわずかな変化も見逃すまいとしているのだ。

沈黙が続くほどに落ち着かなくなってくる。屈辱的な言葉でもいいから、何か言ってほしかった。

都留と落ち合ったとき勧められて呑んだビールのせいか、尿意も感じるようになった。いったん意識すると、急速に膀胱《ぼうこう》が膨らんでくる気がした。

(何か言って……どうして黙ってるの？　どうしてじっとしてるの？　何を考えてるの？　明りを消して……)

そのうち、トイレに行きたいという欲求の方が増してきた。

アヌスを固くすぼめた。すでにベトベトになっている掌を握りしめ、足指をキュッと丸めたり広げたりしながら尿意と闘った。

奥歯を噛みしめた。眉間に皺を寄せた。

鼠蹊部を突っ張っては腰をもじつかせるうちに、冷汗でびっしょりになった。

顔に当たっていたスポットライトが消え、正面からのライトが珠実の総身を照らした。ふたりに不自然な動きを知られたくないと、珠実は息をひそめて奥歯だけを噛みしめたが、じっとしていることはできなかった。

さっきは顔だけを照らされることに明りの残酷さの一面を知ったが、今は、静止していられない総身を照らされることに屈辱を感じた。

「トイレに行かせて……お願い……」

やけに掠れた声だった。

「妙な動きをはじめたと思っていたら、そうか、オシッコがしたかったわけか」

「美人でも、オシッコやウンチはしないわけにはいかないか」

下卑たふたりの言葉に珠実は唇を噛んだ。だが、そんな言葉に屈辱を感じたのはひとときだけで、迫ってくる尿意に頭のなかが白くなった。

「解いて……早く……」

ふたりの目を気にしている場合ではなかった。腰をくねっと動かし、アヌスをすぼめ、聖水口がひらこうとするのを必死に堪えた。泣きそうな顔になるのをどうしようもなかった。

「いいケツの動きだ。そんないやらしい動きをするときにパンティを穿いているというのは勿体ないな。その顔もいい。見方によっちゃ、悶えているようにも見える」

「解いて……お願い……ああ、早く……」

「あんなに元気に暴れていたというのに、お願いか。ずいぶんとしおらしくなったじゃないか」

一向にいましめを解く気配のないふたりに、珠実は限界を感じてパニックに陥った。

（もうだめ……でも……）

プツッと脳裏で何かが切れた。

「ああっ……」

生あたたかいものが堰《せき》を切ったように流れ出した。苦痛からの解放はあまりにも屈辱的だった。

多量の小水はショーツから流れ落ち、両の太腿にも伝い落ちていった。

ギリギリまで我慢しただけに、膀胱いっぱいの尿はなかなかとまらなかった。その排泄の長さがいっそう珠実を惨めにした。口を半びらきにして、惚《ほう》けたように膀胱が空っぽになるのを待つしかなかった。

珠実の前身だけを照らしていた照明が薄れ、部屋全体が明るくなった。

「おうおう、ずいぶんと溜めこんだもんだ。馬のションベンとまちがいそうだ」

「人いちばいデカイ膀胱なんでしょう」

「パンティを穿いたまま洩らすとは、バリバリのキャリアウーマンが聞いて呆《あき》れますな」

「買ったばかりの高価な絨毯《じゅうたん》をはずしておいて正解だった」

ほんの一時間ほど前とすっかり人格が変わっているふたりが、聞くに堪えない言葉を次々と吐いた。

アンモニアの匂いが漂った。

珠実のプライドはズタズタに傷つき、躰を支えられないほどだった。惚けたような顔で手首のロープに体重をかけ、だらりとぶら下がった。ちぎれそうな腕の痛みも、恥辱の前で鈍化した。

「美琶子の奴、何をグズグズしてるんだ」

汚れた床の始末をさせようと思っているのに戻ってこない。舌打ちした丹野はドアをあけた。

「あ……」

薄い長襦袢だけを羽織って、指図されていたものを持ってドアの外に立っていた美琶子が声をあげた。

珠実を騙していただけに、そして、情が移っていただけに、丹野達に辱められる珠実を正視するのが苦痛で、美琶子は部屋に入ることができないでいた。

「何をしてるんだ！」

「申しわけありません……」

部屋に入った美琶子は、鼻についたアンモニア臭と、珠実の肌に張りついたショーツ、濡れた床を見てコクッと喉を鳴らした。

かつて美琶子も、何度も同じような目に遭った。あの死にたいほどだった羞恥と屈辱が、今では妖しい快感となって、じわりと秘芯を疼かせる。

けれど、珠実の姿を見るのは忍びなかった。自分のせいでこんなことになったのだと罪の意識に苛《さいな》まれた。

三日前も珠実の部屋で抱き合った。やわやわした女同士の肌の重なりにうっとりした。そのとき、珠実はこんなことになることなど予想もしていなかったはずだ。

放心していた珠実は美琶子を認め、はっと我に返って顔をそむけた。優位に立って美琶子を愛していただけに、無惨な今の姿は最大の恥辱だ。

「拭いてやれ。おっと、びしょびしょのパンティを穿かせたままじゃ申し訳ないな」

腰骨から下に向かった鋏が、最後のインナーを落とした。

ショーツに押えつけられていた恥丘のあたりの漆黒の濃い翳りがわずかに立ち上がった。陰唇の周囲の茂みは小水で濡れ、ポトッと雫《しずく》が床に落ちていった。

「許して……」

うつむいたままようやく聞き取れる声で言った美琶子は、タオルで珠実の秘園と足を拭いたあと、もくもくと床を拭いていった。

2

手足のいましめが解かれたとき、珠実は顔を覆ってしゃがみこんだ。闇の中に潜んでいたかった。

だが、四方からのカラーライトが皮肉にも七色の美しい空間をつくりだし、つい今しがたの屈辱とはほど遠いやさしい雰囲気を漂わせた。

それはほんのひとときのことで、丹野は部屋を普通の照明に変え、明るく照らした。

「膀胱だけじゃなく、腸の方も空っぽにしてもらうぞ。未経験ゾーンの快感を味わわせてやりたいからな。美琶子も大好きなうしろだよ」

「いや！」

「美琶子は浣腸したあとで吊したんだ」

顔を覆っているときではなかった。裸ということを忘れ、珠実はドアに向かって走りだした。

「おっと、こっちだ」

都留は、珠実を捕えてテーブルに俯せに押えつけた。

くびれたウェストから豊かな双丘が突き出した。そこからすらりとした長い脚が伸びている。失禁したあとの静けさと裏腹に、珠実は激しい抵抗をはじめた。

「おとなしくしろ！　可愛がってやるだけだ」

右の尻たぼにスパンキングが飛んだ。

「あう！」

珠実の動きが一瞬とまった。

「いいケツの音だな」

都留のスパンキングに丹野が満足げに笑った。

屈辱の連続だった。なぜこんな目に遭わなければならないのか、珠実は理不尽だと思った。

「たっぷり入れてやるからな」

「やっ！　いやっ！」

暴れて怪我をしないように、注射筒の嘴《くちばし》にはゴム管がついている。

うしろのすぼまりがさらに固く閉じ、異物の侵入を拒んだ。細い嘴さえ入りこめそうにない。

「指一本入りそうにないここが、そのうち太い一物を呑みこんで快感に蠢《うごめ》くようになるとはな」

都留に珠実を押えこませておき、丹野はすぼまりを指でいじりはじめた。

「いやっ！　あう……や、やめて……んくく……」

薄気味悪い感触だ。それ以上に屈辱を感じた。

数人の男を知っている珠実だが、誰ひとりとして、うしろのすぼまりを触る者はいなかった。珠実にとって、そこは排泄器官でしかなかった。

美琶子がうしろで〝男〟を受け入れたのを見たあとも、自分がそんなことを強要されるなど思いもしなかった。

堅すぎる菊花に、丹野はうしろの処女を確信した。堅いほどに開発のしがいがある。力の入った撫子色の深いすぼまりの周辺から中心に向かって揉みほぐしていった。

「うくっ……あっ……んんっ……」

指から逃れようと、右に左に尻たぼがくねった。

逃れようとしているのは双丘だけで、珠実はテーブルの縁を握りしめ、乳房を吸盤のように押しつけていた。

「んくくくっ……」

声を出すまいと息をとめるようにしても、妖しく気色悪い指の感触に、鼻からとも口からともつかない声が洩れる。

「や、やめて……あう……」

「力を抜いてみろ。ここはウンチを出すだけじゃ勿体ないところだぞ」

卑しく笑っている丹野からは想像できないほど繊細な指の動きだ。

気色悪さだけだった感触に、ずくんとしたくすぐったさの伴った快感が生まれてきた。

「はあっ……や……いや」

相変わらず双丘はくねっていたが、妖しい感触に対する悶えに変わっていった。総身に汗がじっとりと滲んでいた。

「いやと言ってるにしては、少しずつやわらかくなってきたぞ。案外素直なケツの穴じゃないか」

菊の皺がねっとりと潤ってきた。

丹野は揉みしだいていた人さし指を、一気に第一関節まで押しこんだ。

「ヒッ！」

尻が跳ね、ほぐされていた菊口が貝のように閉じた。指をきつく咥えこんだすぼまりに、よほど力を入れなければ抽送はおろか、それ以上挿入することも引き出すこともできそうになかった。

珠実は動かない。息さえとめているようだ。

「スッポンのようなケツの穴だな。オマ×コもこんなに締まるといいがな」

菊口の指はそのままに、空いている片手で秘園をまさぐった。

「んん……」

珠実はすぼまりに力を入れたまま尻をくねらせた。

濃いめの恥毛は汗でじっとりしていた。小さめの花びらは思っていた以上にぬるぬるしている。

「そんなにケツが感じるか。うしろを知らずにきたことを後悔しただろう？　立派な性感帯なんだからな」

花びらを揉みほぐしながら、丹野はゆっくりとアナルの指を動かした。

「あはァ……いや……」

前とうしろを同時に愛撫されると、躰が溶けていくような、すっと夢の世界に入りこんでいくような気持になる。

身をゆだねていると、ここがどこか、自分が誰であるのかさえ忘れてしまいそうだ。熱くなり、力が抜けていく。

夢見心地のとき、不意に菊口から指が抜かれ、花びらへの愛撫もやんだ。

「あ……」

気抜けした声が洩れた。

「どうした、このまま続けてくれと言うんじゃないだろうな。ちょっとこの指の匂いを嗅いでみろ。浣腸せずに入れたからウンチの匂いがするんだぞ」

珠実の頭の方にまわった丹野は、俯せ状態のままになっている珠実の鼻先に人さし指を突き出した。

「いやあ！」

夢から現実に引き戻された珠実は、破廉恥な丹野に首を振り立てた。

「嗅げよ。自分の匂いだろう？　おまえがケツを洗わせなかったからだぞ。続きをしてもらいたいと言うのなら、やはり礼儀をわきまえるべきだろうな」

また珠実の抗いがはじまった。

都留が楽しみながら尻たぼを平手で打ちのめした。

たっぷりぬるま湯の入った太い注射筒を持った丹野が、ガラスの嘴から伸びたゴム管を、左右に動く菊蕾の中心を見きわめてぐいと挿入した。

「くっ……」

どっと汗が噴きこぼれ、背中が反り返って喉元も伸びた。

「そら、ゆっくり入れてやるからな」

「うぅん……やめて……や……めて……」

　腹が膨らんでいく。気色が悪い。じわりと痛みを伴った便意が襲ってきた。それでも、容赦なくぬるま湯の注入は続いた。

「そのうち慣れてきたら、口から出てくるほどいっぱい入れてやるからな」

「もう……やめて……痛い……お腹が……」

　キュルキュルと痛みながら、便意が近づいてくる。

　ようやくゴム管が抜かれた。

　ぬめついた菊蕾が蠢いていた。

　都留が手を離すと、珠実は起き上がって腹部を押えた。

「あう……トイレ……」

「さっきのようにここでされては困るが、そう簡単にトイレに行かせるわけにはいかんな。トイレでしたいならムスコをしゃぶることだ」

「いや……早くトイレに……あう……」

　慣れないことをされ、すでにべっとり脂汗が滲んでいた。キュッとアヌスをすぼめているが、いつ粗相してしまうかわからない。

「しゃぶってからだ。その前に、しゃぶらせてくださいと言うんだな。そしたらムスコを出してやる」

ドアの前には都留が立ちはだかっていた。

いるかいないかわからないほどおとなしくしている美琶子は、何かを命じられるまでは勝手に動くわけにもいかず、部屋の隅でうつむいていた。

「掃除は自分でしろよ。リフォームしたばかりの部屋を汚されたくはないが、このさい諦めるしかないようだ」

菊花だけでなく、足指も掌も、珠実はぎゅっと握りしめていた。汗まみれになっていく総身が粟立った。

「出して！」

丹野にではなく、ドアの前に立っている都留にすがりついた。

「だから、出せよ、腹のものを」

都留はにやにやしていた。

楽になりたい……。立ったままショーツの中に小水を洩らしたときの屈辱的な、しかし、気が抜けたような一種の安堵感を思い、珠実はこのまま排泄してしまいたいと思った。

（できない……お小水じゃないわ……ここで排泄するなんて……）

そんなことをすれば、その瞬間から生きていけないとさえ思った。

「な、舐めさせて……」

口惜しいと思いながらも、丹野に向かってそう言う以外なかった。

「何をだ」

「ペニス……を……あう……」

「しゃぶらせてくださいと言うんだ。そう言っただろう？　舐めるとしゃぶるはちがうんだ」

「しゃ……しゃぶらせて……」

「人にものを頼むときは丁寧に言うもんだ」

執拗《しつよう》ないたぶりだった。

「しゃぶらせてください。お願い……」

「お願いされちゃしかたないな。歯を立てたら承知しないぞ」

ズボンのチャックを下ろした丹野は肉柱をつかみ出した。

片手でつかみきれない太い肉茎は黒々と光り、見るからに貪欲な形をしている。

足をひらいて立っている丹野の剛直を口に含むには、跪《ひざまず》くしかなかった。

咥えこむと、夫とちがう〝男〟の匂いがムッと鼻についた。

たじろいでいる暇はなかった。顔を前後に動かした。

ショートカットの珠実だけに、小気味よく伸びた細い首筋が見える。切羽詰った排泄の欲求に、恥も外聞もなく命じられたことに従っている珠実を見下ろしながら、丹野ははじめての女を従わせるときの快感を味わっていた。

こんなときは上手なフェラチオを望むのは無理だ。それでもよかった。これは従属の儀式なのだ。

「舌を動かせ。上品にするな。しゃぶりつくんだ。しゃぶりつきたかったんだろう？」

必死に便意に耐えている珠実は脂汗にまみれ、鼻から熱い息を噴きこぼしながら、むさぼるように肉柱を舐めまわしていた。

（まだ？　まだなの？　もうだめ……もう我慢できない……）

欲棒を出した珠実は、丹野を見上げた。

「お願い……行かせて……もうだめ」

颯爽としていたキャリアウーマンの火照って歪んだ顔は、丹野の獣欲をおおいに満足させた。

「まだイカせてもらってないんだぞ。あとでその口でちゃんとイカせてくれるんだろうな。約束してくれないことにはトイレに行かせるわけにはいかないな」

「約束します……だからお願い……」

ようやく珠実はドアの外に出された。

二階にも洗面所はついていた。珠実はへっぴり腰でトイレに駆けこんだ。ドアを閉めようとすると、丹野も躰を滑りこませた。

「出てって！」

便器を見ただけでアヌスをすぼめていた力が失《う》せてしまいそうになっている。珠実の声は叫びに近かった。

「さっさとしろ。まだフェラチオする余裕があるなら戻るぞ」

腕を引きつかまれた珠実はそれを振りほどき、便器に腰掛けた。同時に、恥ずかしい排泄音がした。

小水を洩らしたときとは比べものにならない屈辱だった。唇を歪めた丹野が水を流した。

珠実は排泄が終わっても腰をあげることができなかった。

珠実の人格は完全にむしり取られた。

部屋に戻されると、跪いた美琶子が都留の肉棒を両手で捧げ持つようにしてフェラチオしていた。珠実にちらりと弱々しい視線を向けたが、すぐに頭を引き戻され、続きをはじめた。

珠実も口技の続きを強要された。拒む力もなければ、剛直を口に含む力もなかった。

「約束がちがうんじゃないか。まあ、ちょっとだけ休憩時間を与えてやってもいいがな」

パシッと形ばかりのスパンキングを与えた丹野は、ソファに座ると、俯せにした珠実の胸を膝の上にのせ、尻たぼを撫でまわした。

珠実は抗いを忘れ、思考力も失っていた。菊口だけがヒリヒリしていた。

「いいケツの形だ。そういえば、まだオマ×コの観察をしてなかったな。辛抱強いだろう。レイプ魔なら、とうに二、三度犯《や》ってるはずだ。繋がるだけが能じゃない。それなら犬や猫とおんなじだからな。人はもっと頭を使って楽しむものだ」

尻たぼを撫でまわしていた手が菊の蕾に向かい、双丘の谷間をくつろげた。少しだけ赤くなっている。

ヒリつく粘膜が揉みほぐされた。丁寧に清めたとはいえ排泄をしたあとだけに、そこを触られるのには抵抗があった。だが、それを言葉や態度で表す気力はすでになかった。

丹野の膝の上で、珠実はゴムのようにぐにゃりと伸びきっていた。

うしろのすぼまりを触られる嫌悪感が、徐々に妖しい快感に変わっていく。

(もうどうなってもいいの……)

諦めと、とろりとした思いが交差していた。

「うぅん……」

ときおり珠実は気怠そうに頭を持ち上げては、水の流れに漂う木の葉のように、空をたゆたっては首を落とした。

「どうだ、ケツのよさが少しはわかってきただろう。感謝しろよ」

丹野は丁寧に揉みほぐしていきながら、秘芯の湿り具合をときどき確かめるのも忘れなかった。蜜はたっぷり出ている。ぬるぬるを掬っては菊芯に塗りこめていった。

「はあっ……あはァ……うぅん……」

鼻にかかった声で喘ぎはじめた珠実にニンマリした丹野は、アナル用の親指ほどの太さのバイブの先を舐め、菊皺に押しつけてスイッチを入れた。

「あう！」

ビクンと尻が跳ねた。

「動くなよ。動いたら吊り下げるからな」

低い震動音をたてながら、バイブがうしろのすぼまりの周辺を這いまわった。円を描くようにじりっじりっと中心に向かって輪を狭めていく。

バイブを使ったことのない珠実には、妖しげな震動による刺激は強烈だった。

中心に辿《たど》りついたバイブがすぼみをこじあけ、するりと入りこんだ。

「ヒッ！　あう！　クッ！」

菊口の浅い部分を刺激されるとズクズク疼いた。秘芯も同時に弄ばれているようで、肉のマメが脈打った。今まで知らなかった異質な快感に、珠実は狂ったように頭を振り立てた。わずかしか入りこんでいないバイブだが、尻を動かせば怪我をするようで恐ろしく、乳房を丹野の左膝に押しつけ、頭だけしか動かせなかった。

腕を伸ばし、掌でソファを突っ張った。

「ヒイッ！　いやっ！　いやっ！　あう！」

蜜がジュクジュクと流れるように噴きこぼれていた。

乱れる珠実を、跪いている美琶子と立ったままの都留が眺めていた。

都留と丹野の目が合った。

「下からオマ×コをいじったらどうです。きっと洪水でしょうよ」

いきり立ったままの肉棒をいったんズボンに仕舞った都留は、珠実の傍らに来て、下から秘園に手を差し入れた。

ぬめついた花園の花びらをかき分け、女壺に指を挿入した。

「んくっ……」

「ヌメヌメのベトベト。おまけにオマ×コはヒクヒク蠢いて、淫乱このうえないな」

「オマ×コよりケツを欲しがるタイプだ」

何を言われようと、嘲笑されようと、珠実はうしろの快感に悶えて乱れるしかなかった。

都留の指は秘壺だけでなく、花びらや肉のマメ、聖水口あたりをいじりまわした。

「くうっ！」

めくるめくエクスタシーの大波が、躰ごと珠実を奪い去るように駆け抜けた。

「あう！　あぁう……んんん……」

続けざまにやってくる快感に、珠実の首はもげ落ちそうなほどのけぞった。汗まみれの顔は大きすぎる快感に歪んでいた。眉間に皺が寄り、ひらいた唇の内側で白い歯が光り、青みがかった瞳は何かを訴えていた。

都留は快い肉のヒダの締めつけを指に感じながら、早く肉棒を咥えさせたいと思った。

バイブを押し出された丹野は、ひくつく撫子色のすぼまりを観察しながら、次からは徹底的にすぼまりを開発してやろうと心が浮き立った。

3

珠実はぼうっとしていた。自分の躰ではないように火照っていた。

あの日から何度鏡を覗いただろう。肌のあちこちに丹野と都留の指の感触が残っている。

今も秘芯と菊の蕾に異物が押しこまれているようだ。特に、うしろのすぼまりは何かが這いまわっているようにムズムズしていた。

あの日、土曜というのに接待で出かけた夫の克己は、零時過ぎにようやく帰宅した。九時ごろ戻ってきた珠実は先にベッドに入り、眠った振りをしていた。求めてきませんように……と祈った。

怪しむようすもなく、克己はいつものように風呂に入って小さい缶ビールを一本呑むと、珠実の横に潜りこんで寝息をたてはじめた。

ようやく肩の力が抜けた。その夜さえ無事に過ぎれば何とかなると思った……。

「白石さん……白石さんったら」

「えっ？」

肩を叩かれてハッとした。

「えっじゃないわよ。昨日もきょうもちょっとおかしいわよ。お客さんにいい男でもいたの？」

同期で入社した戸田弓子が笑っている。

「夜更ししちゃったの……今夜はぐっすり眠らなくちゃ……」

「あら、ご馳走さま。お宅は仲がいいのね」

夫婦生活を想像したらしい弓子はクッと笑った。

「白石さん、五番に電話だよ」

「ありがとう」

話し好きの弓子から逃れられるのでほっとした。

「はい、白石です」

「許して……」

受話器の向こうで、今にも泣き出しそうな美琶子の声がした。

心臓が早鐘のように鳴った。顧客からの電話とばかり思っていたのだ。

「許して……どうしようもなかったの……」

「…………」

「何か言って……ね、お願い……」

美琶子とは心底楽しみながら優位に立って躰を合わせていた。それが、美琶子の前で珠実は屈辱的な姿を晒してしまった。誇りを傷つけられた以上、美琶子の声を聞くだけでもいたたまれなかった。

一方で、未《いま》だに火照りが鎮まらないほど強烈だったあの時間のことが四六時中脳裏を占めていて、ふたたびあの烈しい快感を味わいたいと思って愕然とすることがあった。

「珠実さん……」

こたえる言葉が見つからず、珠実はうしろ髪を引かれる思いだったが受話器を置いた。

「珠実さん……」

ショールームを出てすぐ、背中で美琶子の声がした。

一瞬、空耳だと思った。珠実は足をとめて振り向いた。

いつもアップにしている髪を肩まで下ろした美琶子が、黒地に細い白のストライプの入った見慣れないスーツ姿で立っていた。着物のときより若く見える。

うしろのすぼまりで都留の太い肉棒を受け入れ、喘いでいた女とは思えない品のいい上流階級夫人の顔だ。

「どうしても会いたかったの……」

ベッドで年下の女のように可愛く喘ぐときの、か弱い雛《ひな》のような視線があった。

珠実の心が騒いだ。決して会いたくない女だった。そして、どうしても会いたい女でもあった。

呼吸が苦しくなった。

電話のときのように、ひとこともこたえないまま珠実は踵《きびす》を返した。振り向きたい思いを断ち切って、足早に駅に向かった。

ホームに立って一、二分したとき、美琶子がやってきた。電車に乗ると美琶子も乗った。言葉も視線も交わさないまま、ついに美琶子は珠実のマンションまでついてきた。

自分だけ玄関に入ってドアを閉めることはできる。だが、珠実は美琶子を拒まなかった。

玄関に入った美琶子を無視して、珠実は応接間のソファに座った。

沈黙したままだった珠実に、さすがに美琶子は勝手にヒールを脱いで上がることができないのか、いくら待ってもやってこない。

(諦めて帰ってしまったのかもしれないわ……)

それほど静かだった。帰ってしまったとなると心残りがした。二度と会えなくなるのは辛《つら》い。

二十分ほどして玄関に行ってみた。

教師に叱られて立たされている生徒のように、美琶子はしょんぼりしていた。

ほっとしたと同時に、怒りや憎悪や苛立ちがこみ上げてきた。

「いつまでそんなところに突っ立ってるのよ！」

腕をつかんでグイッと引っ張った。

「あう……」

つんのめりそうになった美琶子だったが、何とかヒールを脱ぎ、珠実に引っ張られるまま寝室に入った。

「どうして私を助けなかったの！」

美琶子の胸を突いてベッドに押し倒した。

「あう……ごめんなさい……」

怯《おび》えた視線が珠実を嗜虐的にした。

「酷い男がいたものね。あれが旦那様の正体だったってわけね。あんなに侮辱されて黙っていられると思う？　この躰で償ってもらうわよ。文句はないでしょう？　何か言ったらどうなの！」

「ごめんなさい……」

「謝るぐらいで済むと思ってるの？　許さないわよ」

美琶子にかぶさり、男のような乱暴さでベージュ色のスーツの上から両方の膨らみを鷲《わし》づかみにした。

「あう！」

白い喉を突き出した美琶子は薄化粧の顔を歪めながら、痛みの走る乳房を守ろうと珠実の腕を押し上げた。

「逆らうつもり？」

いっそう強く乳房をつかんだ。

「痛っ！」

「私を誘惑したのは私が欲しかったからじゃないのね。命令されて近づいただけじゃなく、セックスには見境ない女だからなのね。ヴァギナだけじゃなく、お尻にまで男のものを咥えこんで嬉しがる女だものね」

「あう！　痛い！」

「鞭より痛いの？　痛いのが大好きなんでしょ？」

「あっ！」

目尻に涙が滲んできた美琶子を見つめながら、執拗に乳房を責めた。

美琶子は歪んだ顔をしながら感じているのではないか……。荒々しく扱われることがわかっているからこそ、ここまでついてきたのではないのか……。責めながらそんな気がした。

（そして私は……）

珠実は、自分のなかにふたりの女が棲《す》んでいるのを知った。

ひとりは丹野と都留によって目覚めつつある被虐的な女。もうひとりは、こうやって美琶子を責めている嗜虐的な女だ。

美琶子を愛してしまったからこそ虐《いじ》めたくなる。美琶子もいやがってはいない。むしろ、それを望んでいるのだ。

美琶子は男の前でも女の前でも受身のマゾヒスティックな女だが、珠実は同性の美琶子から辱められることは望まない。辱めるだけだ。

昂ぶりを覚えながらスーツを剝ぎ取った。

帯を解き、何本もの紐を解きながら剝ぎ取っていく着物のときとちがい、気抜けするほど簡単に美琶子はインナーだけになった。

黒いスリップだ。まくり上げると、下から黒いブラジャーとショーツ、ガーターベルトが現れた。

珠実は目を見張った。長襦袢や湯文字だけになったときの色っぽさと、またひと味ちがう妖しさがあった。

珠実自身も服に合わせて黒いインナーをつける。だが、美琶子はいつも着物だっただけに、黒い肌着は初めてだ。黒い喪服にも白い長襦袢。着物の下に黒いカラーは使わない。

それだけに、美琶子の黒いインナーは新鮮だった。そして、ガーターベルトに吊られた黒いストッキングも強烈だ。

パンティストッキングを穿いていた珠実に、丹野は、美琶子はそんなやぼったいものは穿かないと言った。

確かに、こうしてガーターベルトに吊られたストッキングを見ていると、パンティストッキングはいかにもやぼったい。

「私はパンストしか穿かないわ。それがみっともないからって、わざわざこのインナーを見せに来たの？　今まで着物ばかりだったのに、着付けの教室までひらいているくせに、どうしてスーツで来たの。何て嫌味な女なの」

「そんなつもりは……」

珠実の屈辱の姿を見てしまったというのに、美琶子の態度は以前と変わりなかった。

ふたりの男に辱めを受け美琶子に引け目を感じていた珠実だったが、そんな弱腰の美琶子を見ていると、少しずつ四日前までの自分を取り戻していった。

「私に会いたかったって本当？」

美琶子が頷いた。

「どうして会いたかったの？　いやらしいことをしてほしかったの？」

口調の変わった珠実に、美琶子はどこかほっとした顔をして、そう……と小さい声でこたえた。

「お尻を虐めてって言ったらどうなの。ペニスを咥えてうっとりするなんて呆れたものだわ」

美琶子を鼻で笑ってみたが、珠実は自分にされた菊口への愛撫を未だに忘れられずにいた。

菊蕾に触れられるだけで屈辱と思った。だが、いじりまわされていると嫌悪感がいつしか妖しい快感に変わっていった。アナル用のバイブを挿入されて震動を与えられると、声をあげずにはいられなかった。

丹野にバイブで弄ばれるだけでなく、秘芯は都留にいじられ、こみあげてくる大きな塊に逆らうことができずに何度も気をやってしまったが、うしろのすぼまりだけを弄ばれても昇りつめてしまったのではないかという気がした。

排泄器官でしかないと思っていた菊蕾が、信じられないほど強い快感を生み出すことを知り、珠実はついに昨日、こわごわ自分の指ですぼまりを触ってみた。強烈な刺激にくぐもった声をあげた。

菊皺とすぼまりの浅い部分に隠れている妖しい快感を自分で弄ぶには怖すぎて、珠実はすぐに指を離した。

もういちどあの快感を味わってみたいと思った。けれど、夫の克己に言うわけにはいかない。ふたたびあの快感を得るには丹野に屈辱的な目に遭う以外にはないのかと口惜しい気がした。

けれど、今、美琶子がここにいる。美琶子のすぼまりを弄び、そのあと美琶子にも触らせたら……。珠実はそう考えただけで熱いものが秘芯から噴き出すような気がした。

「ショーツを脱いで四つん這いになったら？　大好きなお尻をいじってあげるわ。脱がないの？　脱がないならさっさと帰りなさいよ。帰ったら？　二度と来ないで！　電話もかけないで」

美琶子に対してはプライドがあり、先に「触って」とは言えそうにない。このまま美琶子が帰ってしまったら後悔することがわかっていながら、素直になれない自分に苛立ち、声を荒げた。

びくりとした美琶子は背中を向け、黒いショーツをそっと脱いだ。そして、チロチロと珠実を窺い、硬い表情が変わらないのを知ると、ためらいがちに四つん這いになった。

珠実はそれだけで昂ぶった。

「どっちにお尻向けてるのよ。私に向けなきゃ肝心のところが見えないでしょ！」

心の内を見透かされまいと、また怒鳴った。

美琶子が躰の向きを変えた。持ち上がった真っ白い臀部はつきたての餅のようだ。

「脚、もっと広げて」

言いなりになる美琶子を見ていると虐めたくなる。

太腿の間から媚肉の割れ目が見えた。白く美しい肌だけに、はみ出した大きめの花びらがやけに貪欲に見える。

しかし、それより、これまで観察しようともしなかったすぼまりの方に珠実は興味があった。

キュッと閉じているその菊花が、あれほど大きな肉茎を呑みこみ、抽送さえ許したのが嘘のようだ。美琶子そのもののようにつつましやかに潜んでいる。

「そのまま、自分の指で花びらやクリトリスをいじって。お尻を落としたら承知しないわよ」

太腿の間にほっそりした指が現れ、淫猥に動きはじめた。

「あん……あう……んん……」

喘ぎを聞きながら、珠実はベッドサイドの引出しから出したコンドームを人さし指にかぶせた。

指を撫子色の愛らしい菊口につけただけで、指先が震えた。

菊皺を揉みほぐしはじめると、美琶子の指の動きが鈍くなり、尻がうねうねと誘うように左右に動いた。

揉みほぐして中心に指を挿入するつもりだった。だが、揉みほぐしていると、唇をつけたくなった。双丘をくつろげ、唇をつけた。

「あん……」

ピクンと跳ねた動きが愛らしく、珠実は嬉しくなった。菊皺に舌を這わせた。

「あんん……」

甘ったるい喘ぎだ。外側から中心に向かって菊の皺を伸ばすように舌先で舐めていくと、つるつるした感触が快かった。自分にされているように秘芯が疼いた。

尖《とが》らせた舌先ですぼまりをつついた。

「あん……あぁん……」

たまらないというように妖しく動く尻を珠実は両側から挟むように押えつけ、ツンツン、ツツン……と菊芯をつついた。

「あああん……くうう……」

(可愛い声だこと……)

珠実は夢中になってつつき、そのうち舌先をすぼまりにねじ入れた。

「くううっ……」

美琶子の太腿が震えだし、背中が反り返った。オナニーを命じられた指はとうに秘園から離れ、神経はうしろだけに集中していた。

すぼまりの周囲が唾液でベトベトになった。

（可愛い……可愛い……可愛いお尻……）

いくら舐めても飽きなかったが、もっと深く挿入したくなり、コンドームをかぶせた指を舐めて中心にねじ入れた。

「あぁん……」

キュッとすぼまっているにしては容易に入りこみ、珠実の方が動揺した。

（ペニスが入ってたんだもの……指ぐらい簡単に入るはずよね……）

それでもはじめてのことで、恐る恐る抽送した。菊口が指の動きとともに盛り上がったりくぼんだり、生き物のように表情を変える。貪欲な第二の性器だった。

「喘いでばかりいないで何とか言ったらどう？」

出し入れしていた指を菊口の内側に沿って丸く動かし、左右や上下にも動かした。

「あん……気持いい……ああ……」

美琶子は目尻に涙をためていた。

白い太腿に小水とちがうものが伝いはじめている。あいた手で秘園をまさぐると、驚くほどびっしょり濡れていた。

「こんなに濡れるココ、何て言うの？　いやらしい下品な四文字をあの人が何度も言ってたわね。あなたも言ったことあるんでしょ？　何て言うのよ。おっしゃいよ。そしたらイカせてあげるわ。うしろと前と両方いじって」

指の動きをとめると、美琶子は催促するように卑猥に尻を掲げ、鼻から声を出した。

「おっしゃいよ。お尻から指を抜いてもいいのよ」

「いや……して……」

「質問にこたえなさいよ」

ピタリととまった動きに身悶えした美琶子は喉を鳴らした。

「オ……オマ×コ……」

珠実さえ口にしたことがない卑猥な言葉を、上品な美琶子がついに言った。

「えっ？　何ですって？　聞こえなかったわ」

珠実は昂ぶりながらわざと聞き返した。

「オマ×コ……オ、オマ×コ……」

「そんな大きな声で二度も言うとは呆れた淫乱女ね」

珠実は興奮して蜜をこぼした。

アヌスに埋めた指をグヌグヌと動かしながら、花びらや肉のマメを揉みしだいた。

「あっ、あっ、ああっ、ん……」

喘ぎ声はエクスタシーに近づいている。

「ああだけじゃわからないでしょ！　気持いいと言ったらどう？」

「あん……き、気持いい……気持いい……イ、イク……イク……くうっ！」

どっと蜜が噴きこぼれ、菊口は指をちぎるほどギュッと締まって激しく収縮した。尻肉がヒクヒクッと痙攣し、汗ばんだ美琶子の総身を絶頂が駆け抜けていった。

痙攣が治まると、のけぞった頭がガクリと落ちて、腕と膝もベッドに崩れ落ちた。深い呼吸音だけが部屋に広がった。

珠実は俯せている美琶子をひっくり返し、脚を破廉恥に広げた。そして、洩らしたように濡れている秘園を舐めた。

「あん……」

ぴくりとしたが、美琶子は脚を閉じようとはしなかった。

充血して膨れたパールピンクの肉のマメを唇の先でチュッと吸い上げると、美琶子はまた昇りつめて痙攣した。そんな美琶子が愛しく、珠実はしばらく口で秘園を弄んだ。

「可愛い美琶子のオマ×コ……」

そっと四文字を口にしてみると、珠実は自分がとことん卑猥になっていくような気がした。はじめて口にした言葉だった。

「いい気持にさせてあげたんだから、私のお尻も舐めてくれるんでしょうね」

自分の欲求をそのまま言葉にすることはできないと思っていたが、スルリと口から滑り出た。

しかし、美琶子に命じた四つん這いの姿勢になるのははばかられ、床に膝をつけ、ベッドに上半身を預けた。それだけで躰が火照った。

「うんと上手にナメナメしてよ」

昂ぶっているのを悟られるのが恥ずかしく、わざと冷めた口調で言った。

すぼまりに生あたたかい舌先が触れたとき、美琶子がそうだったようにピクリと尻が跳ね、あっ、と声が洩れた。

舌が動くたび、肉のマメに疼きが走った。脈打つようだった。

「あう……いい……上手よ……うぅん……」

舌先が入りこんでくると、狂ったようになった。美琶子に対するプライドもタチ的な意識も薄れ、尻をくねらせ、喘ぎ、蜜を噴きこぼしていた。

舌の代わりに指が入りこんだ。

「あう……」

ぞくっと総身が粟立った。

指を抽送しながら、美琶子の舌はうしろから秘芯を舐めまわした。強烈な快感が駆け昇った。

美琶子より呆気なく法悦を極め、珠実は何度も痙攣した。

「舐めて……」

ベッドで仰向けになり、脚を広げた。濡れた秘園に顔を埋めた美琶子が蜜液を舐め上げた。

それからふたりは乳房を押しつけて抱き合い、汗まみれになりながらディープキスにくぐもった声をあげ続けた。

夫の存在をすっかり忘れていた。マンションの脇を通った救急車に我に返り、慌てて美琶子の帰宅を促した。

第四章　双つの秘壺

1

「お話をお伺いしましたところ、お客様のお部屋には、こちらのものなどはいかがかと思いますが。デザインも斬新ですし、お若い方に好まれるようです」

自信ありげな、かといって、決して嫌味ではない説明をしているショールームの珠実を、丹野はうしろの方から眺めていた。

「何かお探しでしょうか」

若い女が声をかけてきた。

「あ、いいんだ、あの人に頼んでおいたことがあるから、確かめにきただけだから」

珠実を指した。

「白石に御用でいらっしゃいましたか。失礼しました。接客が終わるまで、あちらに腰掛けてお待ちください」

「いや、適当にほかを見ているからいいよ、ありがとう」

まだ珠実は丹野に気づいていない。

若い客の照明器具が決まって支払いが終わっても、珠実は丹野に気づかなかった。丹野に話しかけた女が、珠実に何か囁いた。

振り返った珠実が一瞬目を見ひらいたのを丹野は見逃さなかった。さりげなく手を上げ、ゆったりと笑った。

何とか女に笑いを装った珠実が、こわばった顔で丹野に近づいてきた。

「やあ、またずいぶんと美琶子を可愛がってくれたそうじゃないか。一昨日は連絡もなかったし、どこに出かけているのかもわからなかったから、捜索願いでも出そうかと心配していたんだ」

珠実の顔が赤くなった。

「ここでは話せないな。今夜、またあの素晴らしい部屋で待ってるよ。仕事が終わったらすぐに来てくれ。来てくれるまで、腹いせに美琶子をくりつけて鞭で叩きのめすことになるかもしれない」

酷薄な笑みが浮かんだ。

「自分の奥さんを人質にするというの？」

「私の女房だが、きみの可愛い愛人でもあるんじゃないのか」

丹野は勝ち誇ったように言い、ショールームを出ていった。

口惜しさと同時に、辱めを受けたときの疼きが甦《よみがえ》った。

(私にもM女の要素があるっていうの？　そんな……まっぴらごめんよ。あんな扱い、絶対に許せないわ)

唇を咬んでみても、辱められることで得たこれまでにない快感を思い出し、何かを期待している自分に気づかないわけにはいかなかった。


珠実を玄関に迎えたのは都留だった。

初対面のとき、医療機器販売に携わっているというより、ドクタータイプの温厚で紳士的な男と思ったが、その日すぐに仮面は剝がれた。

きょうの都留は、プレイルームのことを忘れたような、初対面のときに似た穏やかな顔にかすかな笑みを浮かべていた。

「やあ、丹野氏が無理な誘いをしたそうだね」

都留の顔を見ていることができず、逃げ出したくなった。

「どうしてあなたが……」

「彼は愛妻とお楽しみの最中でね。その間、きみの相手をしてくれと頼まれた」

「帰ります」

「こないだのビデオを見ないで帰るのか。きみもよく撮れてるんだがな」

「ビデオ？」

「きみのコーディネートした照明のほかに、彼は四方にビデオも取りつけたんだが、気がつかなかったのか。まあ、せっかくの部屋の雰囲気を壊さないようにうまく仕組んであるから、素人には簡単にはわからないだろうがね」

腋窩を汗がツッと流れた。

「そんな脅しなんて……」

「脅し？　勘違いされちゃ困るな。素晴らしい映像だから見せたいと思っただけさ。見たくないと言うのならどうしてもとは言わないよ。知合いの医者達とでも鑑賞するさ。じゃあ、丹野氏にはそう言っておくよ」

「待って……」

見ず知らずの他人に屈辱の姿を見られるのだと思うと、つい気弱になった。

留まるのは最初からわかっていたし逃げるはずはないというように、都留はヒールを脱いだ珠実の先に立って歩いた。

二階のリフォームされた《照明の部屋》は静まり返っていた。

「夫婦の楽しみを邪魔するのはよそう。だが、ちょっと覗いてみるか？」

都留がドアをあけた。

「ああ……いやいや……ヒッ……あう……」

美琶子の呻《うめ》きとも悶えともつかない声がした。

美琶子の総身は赤い照明に照らされ、炎に包まれて燃えているようだ。

四肢を胸の上でひとつにした狸縛りで、四肢のいましめから伸びた縄尻は天井の鉄輪にまわっていた。当然、美琶子は生け捕りにされた狸のような哀れな格好のまま、躰の向きを変えることもできず、喘いでいるのだ。

「ヒッ！　熱っ！」

丹野は火のついた太い蠟燭《ろうそく》を持っていた。それを傾け、蠟涙を美琶子の肌に垂らした。

ドアの方に美琶子の尻は向いていた。赤い光に照らされた秘園が毒々しく、そこだけ見ていると、発情している動物のようにも見えた。

「あう……んんん……」

蠟涙はくの字になっている腰から脚にかけての部分、敏感な腿のあたりに痛々しい花を広げていた。剃毛されたこんもりした肉のあたりにもたまに落ち、美琶子はそのたびにビクンビクンと悶えている。

丹野が珠実に視線を向けた。

「無断で家をあけた仕置だよ。とは言っても、これでこいつ、けっこう感じているんだ。こんな太いものでもオツユのぬめりでスルリと入るはずだ」

火のついている太い蠟燭の尻を、丹野は美琶子の媚芯にグイと押しこんだ。

「んぐ……」
五、六センチ挿入された蠟燭は、天井に向かってまっすぐに立った。
「ケツを動かすなよ。蠟が落ちたら花びらを火傷《やけど》させることになるかもしれんからな」

「あうう……いや……」

持ち上がっている脚に視野を阻まれて蠟が見えず、美琶子はどうやって蠟燭を垂直に保てばいいのか困惑していた。

「やめて……」

今にもデリケートな美琶子の肌を焼いてしまうのではないかと、珠実は気が気でなかった。

一昨夜も肌を合わせた愛しい女が受けている仕置に、珠実は苦痛を感じた。一昨日部屋に留めたのは珠実のようなものだ。

「しばらくやめないだろうな。お楽しみを邪魔するわけにはいかんさ。股間丸出しになることの縛りは狸縛りと言って、浣腸に最適なポーズでね」

ニヤリと笑った都留に、珠実はたちまち真っ赤になり、顔をそむけた。

都留がドアを閉めた。

美琶子の声が消えた。

「完璧な防音が施されているだろう？　ということは、この部屋の外でどんなに大声をあげても、中のふたりには聞こえないということになる」

都留は隣室に珠実を引っ張りこむなり、唇を奪った。

「ぐ……いや！　あう……」

抗う珠実をぐいと抱き寄せ、片手で臀部をまさぐりながら、そろそろとスカートの裾から手を入れていった。

「うん？」

パンティストッキングではない感触に、都留が唇を離してニヤリとした。

「さっそく野暮なパンストをやめてガーターベルトにしたってわけか。上出来だよ」

心の内を見透かされているようで、珠実は汗ばんだ。

凌辱されたときはパンストのことを野暮ったいと言われて鋏で刻まれた。一昨日は美琶子が黒いガーターベルトでストッキングを吊っているのを見て色っぽいと思った。

昨日、珠実は有名なランジェリーショップへ行き、スーツに合わせた淡いブルーのスリーインワンを買った。

おとなしい部類に入るのかもしれないが、ブラジャー、コルセットだけならまだしも、ガーターベルトまでついているのだから、珠実としては大胆な気がして、レジを離れるまで落ち着かなかった。

夫に見られたら不審を買うかもしれないと思ったが、さっそくつけてみたくなり、今朝、それをつけて勤めに出た。まさか、その日にこんなことになるとは思ってもみなかった。

(誰に見せたくて、ガーターベルトつきのインナーなんかを買ったのかしら？　美琶子さん？　それとも……)

ふたたび唇を塞がれたとき、抗う気持はなく、巧みなディープキスに躰も心も疼きはじめた。

(もっと愛されたいのよ。火のように燃えてみたいのよ。夫だけでなく、夫に許されてほかの男にまで愛されている人がいるというのに、私はどうして夫にもおざなりにしか愛されていないの。不公平じゃないの)

そんな美琶子への嫉妬は、今がはじめてではなかった。週末の事件から、幾度となく脳裏をよぎっていったことだ。

同じ女に生まれていながら、どうしてこれほど差があるのだろう……。凌辱という言葉が、微妙に変化していくのがわかった。

凌辱ではなく、心を許し合った者達の一種の遊び……。わずかながらそう思えるようにもなった。だが、それは頭で納得できても、いざその場に直面すると簡単に自分の躰を明け渡せるものではなかった。

だから、都留とのディープキスに疼きながらも、心の片隅ではある恐れを感じていた。

(どうなるの？　何をされるの？　こんなことが許されるの？)

表面立ってこれといって対立することはない夫の顔が浮かんだ。それを打ち消すように、珠実は自分からも都留に舌を絡め、唾液をむさぼった。

唇をつけて舌を動かしながら、都留の手は珠実のスカートを落とし、ブラウスのボタンをはずしていった。

はじめて入ったその部屋には、ベッドもあれば風変りな椅子もあった。奥の衝立《ついたて》の向こうにも何かがあるにちがいなく、寝室とも、ゲストルームともちがう雰囲気だった。

今は珠実から都留を求めていた。ノーマルな性しか知らなかった珠実には、ふたりきりだということがいちばん安心できることだった。

ベッドに倒されたとき、スリーインワンとショーツだけになっていた。

「珠実だったな。何をされたくてここまで来たんだ」

珠実は顔をそむけた。

「あれから躰が疼いてしようがないんだろう？　ケツの穴もヒクヒクしてるんだろう？」

「いやっ！」

どこかで甘い時間を期待していたが、都留の下卑た言葉は週末の時間と繋がっていた。ふたりきりの甘い時間など期待するだけ無駄だったのかもしれない。

このまま愛されてみたいと思う気持と、もっと甘いムードのなかで抱かれたいという気持がせめぎあった。

(今だって私に憧れている男はいるのよ。私が見境なく抱かれないってだけよ。それなのに私を馬鹿にして……冗談じゃないわよ……)

最後に珠実は都留を押し退けていた。

「おっと、そうでなくちゃな。最初からなまじ猫のように擦り寄ってこられたんじゃ、気の抜けたビールみたいなプレイになってしまう」

生き生きとした顔で都留は珠実を押えつけた。

「いやっ！　放して！」

「そう言われて、簡単に放せるか」

下半身を体重をかけて押えられ、周到に用意されていたロープで手首をくくられると、後悔に苛まれた。抵抗の力を強め、上半身を右に左にくねらせ、首を振り立てた。

「そうそう、おまえは元気がいい方がお似合いだ。美琶子とはタイプがちがう。だが、最後はこちらの言いなりになってもらうことになるがな」

「いやよ！　訴えてやるわ！　今度こそ本当に」

甘い言葉を囁かれるなら素直になれるが、傲慢な都留の態度は許せなかった。

それを都留は面白がっていた。

「よし、よし、訴えてみろ。それがいい。泣き寝入りはよくないぞ」

弾んだ都留の口調が癪で、珠実はますます抵抗の力を強めて暴れまわった。だが、結局は肩先が動きまわるだけだった。

「五日前の蓑虫女は立ったままオシッコを洩らしたたし、ケツに入れたバイブで悶えたんだったな。あのおまえが今さら粋がっても滑稽なだけなんだ。わかるな？」

羞恥で頭に血がのぼった。どんなことをしても都留から逃れたかった。

スリーインワンのブラジャー部分を引き下げた都留が、人さし指の腹で乳首をやさしく弄びはじめた。

「そのうち、右の乳首を左と同じ大きさにしてやるからな」

右より大きめの左の乳首だけを刷毛《はけ》でさするように弄ばれていると、右の乳首も固くしこり立ち、ズクンズクンと秘芯に疼きが伝わっていく。

「あう……うぅん……いや……あう……」

意地でも声を出したくないと思っていても、押し出される声は熱い喘ぎでしかなかった。

「いやいや」

眉間に皺を寄せ、泣きそうな顔をして首を振り立てた。

首の線がきれいに見えるショートカットだけに、頭が左右に動くたびに喉元に立つ細い筋が女らしさを強調し、都留をおおいに発奮させた。

指で弄んだあとは口に含んで、唇だけでそっと触れ、舌の先でチロチロと舐めた。

「んんん……はあっ……いや……あぁう……」

いっそ、もっと強く触れられたいと珠実は思った。羽毛の先で触れられているようなやさしすぎる愛撫にはこれ以上耐えられそうにない。

「お、お願い……」

このまま左の乳首だけ触られ続けたら、狂ってしまうかもしれなかった。

「ほう、いやな男にお願いがあるのか」

また指先でかすかに触れながら、都留は意外だという顔をしてみせた。

「やめて……あぁあ……お願い、やめて……」

「やめてくださいだろう？」

「やめて……ください……お願い……」

ジュクジュクと湧き出しているような蜜液も気になった。

「まだやめたくないな。門限は何時だ。旦那がいるんじゃ、朝までというわけにはいかんからな。あと二、三時間辛抱しろ。オマ×コに嫌いな男の太いやつをぶちこまれるよりいいだろう？」

また舌先で撫でるように乳首を翻弄《ほんろう》された。

「もうやめて……あう……お願い、そこだけはいや……そこだけはいや……くううっ」

都留の舌から逃れようと乳房をのけぞらせ、肩をくねらせ、脚を突っ張った。やさしすぎる愛撫は快感を通り越し、苦痛に変わっていた。

「やめて！　お、お願い……んん……入れて……そこはやめて……大きいのを入れて！　入れて！」

左の乳首への愛撫から逃れられるなら、どんなことでも受け入れるだろうと珠実は思った。

「オマ×コに大きいのを入れてくださいと言ってみろ」

口から指の愛撫に切り換えた都留が唇をゆるめた。

「いや！　あぁん……いやァ……やめて」

「言わないのか」

えんえんと責めは続きそうだった。

「オ……オマ×コに……大きいのを入れて！」

一昨日、美琶子に言わせ、自分でもそっと口にしてみた言葉だったが、男の前で口にすると、顔から火が出るほど恥ずかしかった。

「入れてやってもいいが、その前にそのオマ×コの身体検査をしたいんだ。どうだ、かまわないな」

「いい……わ……何でもして。だから、乳首はやめて……」

ようやく都留の愛撫がやんだ。

珠実はぐったりと頭を落とした。

珠実を抱えた都留は、衝立の向こうに運んだ。そこには婦人科で使う内診台があった。

高級医療機器販売をしているだけに都留には医者の知合いはいくらでもおり、ある個人病院で新しい内診台を購入することになったとき、不用になったこの台を丹野のためにもらい受けてやったのだ。この台を譲った医者もプレイ仲間で、問題はなかった。

「ほら、さっさと台に乗ってアンヨを広げてみせな」

ぐったりしていた珠実は内診台を見てはっとした。

「いや……」

「約束は守ってもらうぞ」

強引に内診台に珠実を乗せると、ショーツを引き下げて抜き取り、ふたたび抵抗して蹴上げてくる足をつかみ、足台にのせてレザーのベルトで固定した。ウェストも台に固定すると、珠実は俎《まないた》の鯉でしかなくなった。

ウェーブの少ない濃いめのヘアがべっとり濡れていた。

抜き取ったスリーインワンと揃いの薄いブルーのハイレグショーツには大きな染みができている。

「見ろ。オシッコみたいに濡らして恥ずかしい女だ」

裏返してねっとりした染みのついた舟底を珠実に見せ、これみよがしに臭いを嗅いだ。

「汗の臭いにオシッコの臭い。それに」

「いやあ！」

脚を無防備に広げて見られるだけでも屈辱的だというのに、ショーツの臭いまで嗅がれた恥ずかしさに、珠実はレザーのベルトを引きちぎるほど暴れた。

赤貝に似た〝女〟は色素が薄く、美琶子よりずっと小さな花びらが楚々として愛らしい。

「淫乱女のオマ×コがどんなふうになっているのか検査してやろう」

内診に使う道具も揃っていた。消毒済みのクスコを取った都留は、蜜の垂れそうになっている女壺にペリカンの嘴に似た先を挿入した。

「ヒッ！」

金属の冷たさと羞恥に総身が粟立った。

嘴を広げた都留は、ペンライトで中を照らして観察した。ピンクのヒダがひくついている。

「ぬるぬるがいっぱいじゃないか。洗浄しないとオマ×コ本来の色がわからないな」

女壺を洗浄するとき、故意に肉のマメに水流を当ててると、珠実はひとたまりもなく昇りつめて痙攣した。

検査と称してピンセットで花びらを引っ張ったり細長い包皮をめくって肉のマメをつまんだりして弄ぶと、またすぐに珠実は気をやった。

何度も気をやってしまうと、もうどうなってもいい……と珠実は無気力になっていった。

無気力のなかで迎え入れる快感は、寝入りばなに見ている夢のような感覚だった。

秘芯に太いバイブが入りこんできて肉のヒダを押し広げていくときも、うっとりするほど気持がよかった。

バイブを膣口に押しこんだまま、都留は指でうしろのすぼまりを揉みほぐした。

「うぅん……」

尻がびくりと持ち上がったが、珠実は快感に浸っていた。

「慣れるとここもいいだろう。美琶子とケツの舐め合いをしたそうじゃないか。一度知ったら忘れられなくなっただろう」

まだ菊の蕾は堅い。だが、みるみるうちに秘芯のように潤い、やわらかくなってくる。

「ここでもペニスを咥えてみたいんだろう。どうだ」

「あう……怖い……んん……」

「怖いけど咥えてみたいんだろう？」

「あう……はい……」

朦朧《もうろう》としていた。

秘芯からバイブを抜いた都留は菊口に拡張棒を入れ、辛抱強く太い棒に替えていった。

秘芯からとろとろと蜜が噴きこぼれ、蟻の門渡りを伝ってすぼまりに届き、オイルのかわりになって拡張棒の抽送をスムーズにした。

抵抗するどころか力を抜いて身をまかせている珠実に、思っていた以上にアナルコイタスのときは早くやってきた。

内診台から下ろして床に四つん這いにさせ、菊口にクリームを塗りこめた。

「あう……」

むずかるように、珠実は尻を振った。ショーツだけ脱ぎ、薄いブルーのスリーインワンをつけたままの珠実の四つん這いの姿は、都留の獣欲をそそった。

「ゆっくり息を吐くんだぞ」

コンドームをかぶせた肉柱を、菊口に押しつけ、ゆっくりと押しこんでいった。

「うぅん……」

はじめてアナルで受け入れる〝男〟に、すぼまりに痛みと痺れが走った。息がとまりそうになった。

「前を味わうより先に、うしろのバージンをいただいてしまったな」

ゆっくりと抽送がはじまった。

(とうとうお尻なんかでペニスを……)

おぞましさより、後悔と居直りの気持が半々だった。これで、これまで知らなかった世界にどこまでも入っていけるという気もした。

ドアがあき、丹野が入ってきた。

はっとして顔を上げたものの、逃げる気はなかった。

「おや、うしろのバージンを取られてしまったか。少々残念だが、さすがに都留氏には脱帽だ」

「立ってないで、フェラチオでもしてもらってはどうです。口は遊んでますよ」

「そうだな。せっかくだから舐めてもらおうか」

ズボンを下げた丹野が跪き、青筋立った肉茎を珠実の口に押しこんだ。

「うぐ……」

四つん這いで動けない珠実に、丹野が腰を動かした。

アナルを突きながら、都留の指は秘園をまさぐった。

「むぐ……ぐ……うぐぐ！」

このままでは肉棒を咬みちぎってしまうと、咄嗟《とっさ》に首を振って丹野の〝男〟を吐き出した珠実は、すぐに気をやって打ち震え、腕を折って頭を床に突っ伏した。

それから本格的なふたりによる悦楽の責めがはじまった。

2

結婚式のときはウェディングドレスで、お色直しのときもドレスだった。成人式の振袖と、喪服しか持っていない珠実が、日曜の朝、着物を着て克己の前に立った。

はじめて丹野家を訪れたとき美琶子にもらった、朱と代赭色と白茶を竪縞に織り出した御召縮緬だ。

白地に大きな蝶を描いた染め帯から、帯揚げや帯締め、下着まで、そのすべてを美琶子が揃えて渡してくれたものだ。

美琶子と関係を持ったあと、克己にそれを知られまいと、着物は持ち帰ったものの隠しておいた。丹野と都留に辱めを受けたあとはなおさらだった。

だが、美琶子とも丹野達ともときおりプレイを楽しむようになった今、美琶子と知り合ったことだけは話しておく方が何かと得策だと思うようになった。

克己は女友達と行き来しているのを怪しんだりはしないだろう。たまには朝までいっしょに過ごせるかもしれない。もうひとつの世界を持ったことをおくびにも出さず、珠実はくるっとまわってみせた。

結婚して四年、はじめて見る妻の着物姿が克己には眩しかった。

「どうしたんだ、その着物……それに……」

「ふふ、どうやって着たんだって言いたいんでしょ？」

客の部屋をコーディネートしたとき、その妻に気に入られ、たまたま着付け教室の講師だったために、一式プレゼントされたのだと珠実は言った。

「その人に、ただで着付けを個人教授してもらっていたの。着れるようになるまでないしょにしておこうと思ったのよ。上手でしょ？　ひとりで着付けたのよ」

「着物って高いんだろう？」

「高いわよ。でも、そこのご主人、あの丹野進学塾の経営者なの。大きなお家だし、奥さまは大きな桐の箪笥に溢れるほどの着物を持ってらっしゃったわ。これはもう着ないからっておっしゃったの」

この一カ月、仕事が終わると何度も丹野家を訪れ、着付けの稽古をしたり、美琶子の話し相手になったりしてすっかり仲良くなったのだと、珠実は続けた。

「ご主人はお忙しいらしくてめったにお会いできないんだけど、私のコーディネートした部屋の照明をやけに気に入ってくださったらしくて、このごろ、お知合いを紹介してくださるの。ショールームにいらっしゃった方が、いきなり私をご指名ですもの。このごろ鼻が高いのよ」

珠実は自分を悪い女だと思った。けれど、新たに知った快楽の世界と、このままどうしても繋がっていたかった。

「あのね……」

珠実はフフと思わせぶりに笑った。

「その着付けの先生、美琶子さんっていうんだけど、昔ながらの正式な着付けを教えてらっしゃるの。最近は着物用のブラジャーとか金具のついた伊達締めとか、いろいろ工夫されたものがあるらしいんだけど、いっさいそんなものは使わないの。そしてね……」

夫の反応を窺いながら、また珠実は妖しい笑みを浮かべた。

「着物の下穿きは湯文字だから、ショーツなんて穿くのは不自然だっておっしゃるの。だからこの下、何も穿いてないのよ。出かけるときも、美琶子さんはいつもショーツなんて穿いてないんですって。着慣れてる人は穿いてないはずだって言われて、私、びっくりしちゃった」

ゆっくりとまた一回転してみせた。

「ね、変な線なんてついてないでしょ？　ショーツを穿くと、そんな線もみっともないからってことなの。そういえば、もともと日本にはショーツなんてなかったのよね」

日曜も接待で出かけることが珍しくない商社マンの克己は、丸々一日休めるときは、朝はゆっくりと起きてくる。

十時になったというのに、まだパジャマ姿の克己は、これから新聞を読みはじめるところだった。それが、珠実の着物姿にすっかり目が覚め、おまけにノーパンだと聞いて、股間がムズムズとしていた。

「コーヒーと紅茶、どちらがいい？　それとも野菜ジュース？」

朝はいつもパン食だ。トーストとサラダのほかに、ハムエッグかウィンナーと野菜の炒めものなどが多い。飲物はたいていコーヒーだが、休日は気分によって変わる。

「ジュース……」

「あら、珍しい」

珠実がキッチンに行こうとしたとき、克己は珠実の手をつかんで勢いよく引き寄せた。

「あ……」

唐突だったので、珠実はよろけて克己の膝に尻をのせた。背を向けていたとき引っ張られ、うしろ向きだった。

「ジュースはジュースでも、珠実のジュースだよ」

克己の肉茎が、パジャマのなかで窮屈そうにしているのが着物ごしに伝わってくる。

「こんなところで……」

首をまわして戸惑ったように言ったものの、珠実はそうなればいいと、わざとノーパンだと口にしてみた。こんなに単純に克己が誘いに乗ってくるとは思っていなかっただけに、笑いがこみあげそうになった。

らなかった。

膝に乗った珠実の胸を着物の上からいちおう揉みしだいたが、克己は早く突きたくてたまらなかった。

去年、行きつけのスナックで呑んでいたとき知り合った客の信子という女とデイトしたとき、成人式なので振袖を着ていた。ホテルに誘って二度ほどベッドインしていたあとだったし、その日は昼間からのデイトだったので、当然、ゆっくり楽しめると思っていた。だが、ホテルに誘うと信子は困った顔をして、着物だからだめよ、と言った。

〈何もしやしないさ。喫茶店で話すより、ふたりきりの部屋でゆっくりコーヒーでも飲みながら休憩する方がいいだろう？〉

信子は着物姿を見せたいためにデイトに応じたようだが、ホテルに入ったらこちらの勝ちだと思っていた。

何とかラブホテルに入ったものの、着付けできないから風呂にも入れないと信子は言った。

このごろは正月や成人式には着付けのできる者を雇っているホテルも多いので大丈夫だと言ってみたが、帯の結び方はいろいろあり、解く前とちがう結び方をされてしまったら親に怪しまれるから困ると言い張った。

帯の結び方など気をつけて見たことがなかった克己は、そんなものかと舌打ちした。

ホテルに入っていながら何もしないで帰るなど癪にさわる。帯は解かないと約束して着物の裾をひらいた。洋服のときとちがう昂ぶりがあった。

どんな体位で抱くのがいいかと考え、蝶のように背中いっぱいに広がっている袋帯が邪魔にならないようにするには、花々の豪華にあしらわれた朱色の裾を背中にぐいっとまくり上げて四つん這いにしてうしろから突くのがいいと思った。

まくり上げると、きらびやかな着物の下の鳥の子色の長襦袢も新鮮に映った。

信子は刺繍入りの小さなパンティを穿いていた。それも可愛いと思っただけで、不自然には映らなかった。

何も身につけていない裸の女を抱くより何倍も興奮した。一度果ててもすぐに〝男〟は回復した。

次はソファに座り、向かい合う形で膝にのせて抱いた……。

そのときのことを克己は思い出していた。

珠実は背中を向けた格好で膝に乗っている。あの日の信子ほど大きな帯を背負ってはいないが、お太鼓でも邪魔だ。

珠実をこちら向きに座らせたいと思ったが、うしろ向きの珠実をいじりまわすのも面白そうだ。

乳房から手を離し、前に伸ばした手で着物の裾を両手で割って太腿を伝い、秘園に辿りついた。言葉どおり、珠実は何もつけていなかった。

秘園の周囲には湿り気がある。もわっとした淫靡な体温に包まれた手に、久しぶりに新婚当時のような新鮮な性欲が湧きあがった。

顔も躰も人並以上とわかっていながら、なぜか珠実に以前のような欲求が湧かなくなってしまった克己は、それに気づいたとき、疲れているせいだと思った。

しかし、そのうちに、珠実が妻となった以上、彼女を手に入れるために他人と争う必要がなくなり、闘志をそがれたことも一因だと気づいた。

ひとつの玩具を欲しい欲しいとねだり、手に入れるまではさんざん親をてこずらせ、いざ買ってもらうと興味を示すのは最初だけで、ほどなく見向きもしなくなる……。そんな子供のころの自分に通じるものがあるのにも気づいた。

だから、ほかの女にはまだ興味があった。珠実といっしょになって半年ほどしてからときどき浮気するようになった。初めての女を落とすまでが面白い。いざ寝てしまえばそれほど興味はなくなる。

信子のときも五、六回抱いたら興味をなくしてしまった。

（ひとりの女だけを一生愛し続けることができる男なんているもんか……浮気しないで五年

も十年も女房だけを抱いてる男が何人いるだろう。俺にはそんな芸当はできない）

克己はそう思っていた。

「あん……」

花びらを両側にくつろげると、珠実はくねっと腰をよじった。

すでにぐっしょり濡れているのを知り、克己は、そういえばもう一カ月以上遠ざかっていたんじゃなかったかな……と前回のことを思い出そうとした。

毎日のセックスが二、三日に一度になり、週に一度になり、最近は、もっと間隔があくようになった。

克己としては仕事の疲れもあるが、めったに行かないにしてもソープのようなところに行くこともあるし、気がつくと、長く珠実を抱いていなかったということになる。

それでも、今回の一カ月以上のご無沙汰は、三十六歳の男の体力を考えると少しまずかったかもしれない。

取引会社の社長が好色で、接待のあと、何度かいかがわしいクラブに連れて行かれ、個室でサービスを受けたりしたのが原因だ。

あの手この手で一方的にサービスされて射精する快感を覚えると、家に帰って自分から動くのが億劫《おっくう》になる。大の字になってフェラチオでイカせてくれたら……などと、不精なことを考えてしまうのだ。

十日以上も間があくと求めてくることが多い珠実が、なぜか今回は自分から求めてこようとしなかった。それでついつい克己も手を出さなかったというわけだ。

「ほんとにノーパンだったなんて、おまえもいやらしい女だな。外に出て事故にでも遭ったらどうする気だよ」

脚を大きく割って膝を完全にまたがせ、肉のマメをクリクリと揉んだ。

「あう……」

うしろ向きのこんな格好で肉のマメをいじられると、いつもより感じる。裸で同じ格好をしてもたいした刺激にはならないが、きっちり着付けていなければならない裾が大きく割られて破廉恥な姿になっているので昂ぶる。

克己も着物を崩したときの破廉恥さが新鮮で、珠実相手に久しぶりにやる気になっていた。

(指でイカせて、うしろからやって、帯を解いてからもやるか。腰巻き姿もいいかな)

ぬるぬるする〝女〟をいじりまわしながら、時間はたっぷりあるんだとニヤリとした。

左手の中指と人さし指で花びらを大きくVにくつろげ、右手で包皮ごと肉のマメを摩擦する。秘口にもときおり指を入れて抽送する。チュプチュプという音がしてくると、肉杭はいっそう硬さを増してくる。

珠実は両手を躰の脇のソファにつけて平衡を保とうとしたが、克己の膝の高さがあり、手が届かなかった。

帯をクッションに、背中を克己の胸に預けたが、尻をわずかに左右に振ったり、アヌスにキュッと力を入れたり、じっとしていることができなかった。

「あう……うぅん……あん……」

克己には、やけに甘ったるい声に聞こえた。膝の上で微妙に動いている尻が、剛直をグリッグリッと刺激する。

肉のマメをいじりながら、右の指を三本も女壺に押しこんだ。

「あっ！　あああ……」

ねじるようにして押しこんでいくと、珠実は声をあげながら腰を突き出してくる。

「んんんん……」

熱くぬかるんだ肉の襞がヒクッヒクッと蠢き、指を押し出すような、誘いこむような、妖しげな動きをしている。抉るようにグネグネさせた。

「あう！　あっ！　んんんん……」

たまらないと言うように、珠実は自分からも腰を振った。

克己は肉のマメをいじっていた指を二本、すでに秘壺に挿入している右の三本の指に重ねるようにして押しこんだ。珠実のうしろからなので、方向としては入れやすい。

「ああっ……」

膣いっぱいに押し広げてきた新たな指は、腹部まで押し上げてくる。

「痛くないだろう？」

「き、気持いい……」

大きなものがいっぱいに入りこんでくると、切ないような快感がじんわりと全身を覆う。

（どうしてココに入れられると、こんなに気持がいいのかしら……指でもペニスでも、ほかのものでも……）

アヌスでもすでに何度かセックスをした。痛みはほとんどなくなった。けれど、ヴァギナでの快感の方が、まだうしろより勝っている。

うしろでの快感は、肉で感じるものではなく、羞恥やアブノーマルなことをしているという頭で感じる快感のような気がする。排泄器官として造られたにちがいないものを欲望の道具として使うのだと思っただけで昂ぶってくる。

むろん、うしろでも肉の悦びを感じないわけではない。奥深いところではほとんど感じないが、ごく浅い部分ではおかしくなりそうなほど感じる。それはヴァギナ以上と言ってもいい。

だから、アナルに何かを深く挿入されて抽送されるより、指の第一関節ぐらいまでを入れられて弄ばれる方がずっといい。

「締めてみろ」

克己が動きをとめた。

「こ、こんなふうに……？　うぅん……」

うしろのすぼまりにグッと力を入れ、8の字筋を収縮させた。

「おお、締まるぞ」

やんわりとした膣襞の感触は最高だ。

「大きいの、入れて……ズクズクする……ね……」

「珠実は着物を着て淫乱になる性格だったのか」

「だって……ずうっとしてないくせに……今までのぶん、して……」

振り向いた珠実はぽっと頬を染め、目を潤ませている。

「このままテーブルに手をつけよ」

「テーブルに……？」

「そうすれば、裾をまくり上げたままできるだろ」

「いやらしい……」

できるだけ猥褻なことをしてほしいと思っていたが、わざと戸惑いの口調で言った。

「いやらしいことをしてるんだからしようがないだろ」

珠実とは長くおざなりのセックスをしていたが、今は新鮮で、つき合いはじめたころのような気持だ。

「ほら、さっさとつけよ」

背中を押した。

ガラステーブルに手をついた珠実は腰を落とした。着物を着ているというのに、最初から尻を掲げてはうんざりされるような気がしたし、恥ずかしさもあった。

そして、アナルコイタスをしたための何らかの変化を気づかれないかと、うしろのすぼまりを見られてしまうことに危惧も感じた。

「脚はまっすぐだ。立っている姿から腰だけ曲げればいいんだよ」

「だって……」

「だってじゃないだろ。立ってみろよ。そうだ。そして、腰を曲げて手をつけ。肘《ひじ》までついてもらった方がいいかな。そうだよ、それでいいんだ」

克己はお太鼓が隠れるほど裾をぐいっとまくり上げた。

「あう……」

素裸のときの尻より淫猥だ。

（いいぞ……しばらくは着物で新鮮にやれそうだ。だが、これも五、六回で飽きるんだろうな……）

克己はひくついている菊の蕾を目の前に突き出され、ペロリとすぼまりを舐めた。

「ヒイッ！」

驚くほどの声があがり、尻が大きく揺れて落ちた。

「い、いやっ！」

結婚以来いちどもうしろを触ったことのない克己がいきなり菊口を舐めたことで、珠実はどっと汗を噴きこぼした。

（感づかれたかしら……）

不安になった。

「そんなに感じるのか」

うしろに興味のない克己は、アナルコイタスはホモ同士でやればいいと考えているので、女のそこを愛撫することもなかった。発作的にした行為で珠実が意外な反応をしたので驚いた。

「変なことしないで……だって、そんなところ、いやっ」

息を弾ませながら訴えた。

「案外いいのかもしれないいな」

「そんな……あなた、ホモじゃないでしょ……」

「バカ。ここでするはずないだろ。触るだけさ。さっきの格好しろよ」

気づかれていないとわかったが、しばらく鼓動は治まりそうになかった。

また克己が菊蕾に触れるかもしれないと思うと、それだけで珠実は蜜をこぼした。だが、克己はすぐに肉柱を女壺に沈めていった。

「ああっ、おっきい……気持ちいい……」

子宮に届くほど深く挿入した克己は、すぐには抽送せず、指で肉茎を咥えこんでいる秘口を触って確かめ、花びらや肉のマメをいじった。

「んくくっ……突いて……」

「指で一度イッてからな」

いつもなら妻への務めとしてさっさと終わらせたいとしか考えないのに、きょうは執拗に責めてじっくりと楽しみたかった。

「あああ……」

くねっくねっと尻を振るしぐさが猥褻でいい。それをもっと見ていたくなり、イキそうになると指をとめた。

「いやいやいや。して！　とめないで。イカせて」

イケない苦しさにおねだりする珠実を可愛いと思った。

「オマ×コと言ってみろよ」

「いやっ！」

結婚して克己がその言葉を口にしたのははじめてだ。珠実は驚き、美琶子や丹野達との行為を覗かれていたのではないかと、一瞬、疑った。

「言えよ」

「いや」

「言えないってことは恥ずかしい言葉だって知ってるわけだ。そうでなきゃ、すぐ言うよな。オマ×コと言えよ。言わないとしてやらないからな」

すっかり指をとめてしまった克己に、珠実の心は騒いでいた。美琶子に言わせ、自分もすでに口にした言葉だが、やけに恥ずかしかった。

「言わないならコレも抜くぞ」

「いや！　して……お願い……」

肉茎を抜かれないように尻を破廉恥に突き出し、克己に密着した。

「言えよ。でないと、本当にやめるからな」

わずかに克己が腰を引いた。

「いや……オ……オマ……オマ×コ。バカ！」

ついに口にした珠実に、克己は興奮した。珠実も昂ぶっていた。

克己の激しい抽送がはじまった。腰をつかみ、突き、こねくりまわした。

「あう！　あっ！　くっ！」

珠実の上半身が抽送とともにテーブルの上で揺れた。

ジュブッ、グジュッと思いきり破廉恥な抽送音がするなかで、蜜液が太腿をしたたりはじめた。

急速な昂まりが、ふたりを襲っていた。

3

美琶子は都留に、珠実は丹野に、別々の部屋で弄ばれていた。

どちらの男に弄ばれるにしろ、プロの遊び人だと思わせるほど徹底していた。徹底的に辱められるかわりに、恐ろしいほど激しい悦楽を得ることもできた。

その余韻はいつまでも続き、帰宅しても、翌日仕事に行っても、埋《うず》み火《び》のように躰の奥に密かに燃えている火があって、珠実を始終熱っぽくしていた。

「入れて……」

その気にさせておきながらなかなかエクスタシーを与えてくれない丹野に、珠実はすがりついた。

真っ赤なガーターベルトは、きょう丹野にプレゼントされたものだ。美琶子も同じものをつけて隣の部屋で都留とプレイしているはずだ。あの内診台にくくりつけられていじりまわされているのかもしれない。

「堪え性がなくなったな、珠実。犬になって三回まわったら太いのをぶちこんでやるぞ」

ついさっきまで破廉恥な開脚縛りでいたぶっていたというのに、それでもまだ足りないのか、丹野は、四つん這いになって犬になれと命じた。

洟らしたように秘園を蜜でぬるぬるにしている珠実は、いっそ自分の指でイッてしまいたいと思った。

「このまま帰ってもいいんだぞ。亭主がいてはあまり遅くまでいるわけにもいかないだろうからな。これから先は美琶子を相手にすることにしよう」

「いや！」

美琶子への嫉妬と丹野への苛立ちがつのった。

美琶子は珠実以上の時間を丹野や都留と過ごしているのだ。これまでだけでなく、これからもそうだろう。ときどきそれを考えると、ノーマルな夫を持つ自分の立場が口惜しくなる。

「いやなら、さっさと犬になれ。ここでは私が主人だということぐらいわかっているはずだぞ」

わかっていても、根っからのM女の美琶子とは性格がちがう。ときには反抗してみたくなる。

「いや！」

口にしたとたん丹野に腕をつかまれ、爪先がようやく床につくほどの高さに吊りさげられてしまった。

「いや！　放して！」

「ケツをひっぱたいて折檻しないと犬だということがわからないんだろう？」

黒い房鞭がヒュッと唸《うな》り、尻たぼを打ちのめした。

「ヒッ！」

吊り下がった躰がブルンと揺れた。

「きょうは亭主にケツを見せないようにしろよ。徹底的にぶちのめしてやるからな」

「ヒッ！　ヒイッ！　あう！」

右の尻たぼ、左の尻たぼと、丹野は容赦なく交互に打ちすえていった。

鞭を避けようと、珠実は右に左に、ツンと盛り上がった形のいい尻をくねらせた。だが、両手を上げて吊されていては動く範囲など知れており、確実にその動いた尻たぼに丹野の鞭が命中した。

「ヒッ！　痛っ！　いやっ！」

「ケツの動きが色っぽいぞ。猿のケツみたいに赤いのが興醒めだけどな。そうやって疲れるまで振ってな」

「ヒイッ！　許して！　やめてっ！」

「今から逆らうのを許していたんじゃ、これから躾《しつ》けられんからな」

「ヒイイッ！　もう逆らいません。許して」

打たれるたびに少しずつ小水を洩らすようになった。恐怖もあるが、膀胱がそろそろいっぱいになっているためだ。

太腿を伝ってきたものに丹野は気づいた。膝まで伝っていては、それが蜜であるはずがないのは一目瞭然だ。

「また恥ずかしげもなくオシッコを洩らす気か」

「トイレに行かせて……」

「洩らす前に言う言葉だろうが」

ひととき鞭の手を休めた丹野は、羞恥プレイで使うビーカーを珠実の股間にくっつけた。

「しろ」

トイレに行かせてと言っても、丹野がやすやすと言うことを聞いてくれるはずがないのは珠実にもわかっていた。けれど、やはり、立ったままでは恥ずかしい。

「しないのか。じゃあ、続けていいんだな」

ビーカーを引こうとする丹野に、

「待って……」

床に洩らすよりはましだと、珠実は諦めた。諦めはしたものの、膀胱はパンパンに張っているのに、すんなりと小水は出てこようとしない。

習慣から、トイレの便器に座れば聖水口がゆるむように脳に組みこまれ、それ以外は我慢するようになっているのだ。こんな状態ですんなり出てくるはずがなかった。

「早くしろ」

「出ない……」

珠実は泣きたくなった。

「したいだの出ないだの、どっちかはっきりしろ」

丹野が膀胱をギュッと押した。

「あ……やめて……ああ……」

聖水口がひらくと、あとは恥ずかしい音をたてて湯気を出しながら、色づいた液がビーカーに溜っていった。

「よく出るもんだ」

情けなさと羞恥にいたたまれない顔をしている珠実とビーカーを、丹野は交互にニヤニヤ見つめた。

排泄が終わり、ポタポタと雫が恥毛をしたたって落ちた。

「この暑苦しいオケケもいつか剃りあげないといけないな。いつ剃られてもいいように、亭主に言う口実を見つけておけよ。オシッコの量は二百五十cc。ちょっと洩らした分を入れると二百五十三ccぐらいかな」

耳を塞げずに顔をそむけた珠実をニヤッと見やった丹野は、ビーカーをテーブルに載せた。

「いいか、ここでは反抗するんじゃないぞ。鞭は初心者向きだ。ほかにいくらでも折檻の方法はあるんだからな」

「ヒッ！」

最後のひと鞭をくれて、手首のいましめを解いた。それから隣室のふたりを呼んだ。美琶子も珠実と同じ真っ赤なガーターベルトとストッキングだけだった。着物ではないので髪を肩まで下ろしている。

「出したての珠実のオシッコだ。ちょっと洩らしたくせに、まだこれだけ溜ってたんだ」

「丹野さんを見ると洩らしてみたくなるんじゃありませんか」

「そうかもしれないな。何しろ、日に日に破廉恥になってくる女だから。それでいて、まだときどき素直に言うことを聞けないんだ。仕置にケツをひっぱたいたから、猿山の猿みたいになってる。見てくれ」

力ずくで珠実をうしろ向きにさせた。

「ほう、鞭のあとが現代的な絵画みたいでなかなかいいじゃありませんか。私は個人的にはスパンキングの方が好みだが」

美琶子の前で辱められるのはいやだった。美琶子との関係では、どうしても優位に立っていたいのだ。男達に辱められたあとは、いつも美琶子を虐めたくなる。

「前もうしろも使えるように、ふたりでケツの洗いっこをしろ」

きょうはまだ菊の蕾を触られていなかった。これからは女同士のプレイをさせるつもりだろうか。

女壺に剛棒を入れて思いきり突いてほしかっただけに、珠実はちょっと落胆した。そのぶん、美琶子を責めて欲求不満を解消するしかない。

最初、美琶子がぬるま湯を珠実に注入したが、どこか遠慮しているふうだった。だが、珠実が美琶子に注入する番になると、二百cc入れたあと、また二百cc追加した。

そして、先にトイレを占領し、排泄が終わってからも、しばらく便器に座っていた。

「早くして……」

「だって、まだ終わらないもの」

排泄のとき戸を閉めるのは許されないが、以前よりは慣れてきた。

「ね、早くして……」

「ふふ、洩らしちゃだめよ。うんと折檻されるわよ」

脂汗を浮かべている美琶子に言った。

「お願いよ……代わって……」

「ソコをひらいてクリちゃんを見せてくれたら代わってあげるわ」

便意がすぐそこまで迫り、まっすぐに立っていることができない情けない格好の美琶子は、やや前かがみで花びらをくつろげた。

「いつ見てもおっきな花びら。いつも指でいじってたんでしょ」

両手で花びらを左右にぐいっと引っ張った。

「あん……助けて……」

「わかったわ。助けてあげる」

肉のマメをつまみあげた。

「あう！」

歪んだ顔を意地悪く見つめて、ようやく珠実は便器から立ち上がった。

奇妙な黒いベルトだった。ベルトにペニスがくっついているようなものもあれば、向き合ったペニスがくっついているようなものもある。

「おまえ達もオチンチンが欲しいだろう？　あればもっと女同士で楽しめるもんな。美琶子は知ってるな。珠実に説明してやれ」

それがどんなものか、すでに美琶子は知っているということで、珠実はまた内心、嫉妬した。

「これをつけて……男の人みたいにするの……こっちは、ふたりの中にいっしょに入れてひとつになるの……」

それだけでは具体的な説明とはいかないが、片方は、一方の女が腰につけて男となり、相手の女を突くベルトで、ペニスが向かい合ってくっついているようなものは、ふたり向かい合って同時に女壺に埋め、一体感を味わうものらしい。

「珠実、つけてみろ」

丹野がペニスベルトを渡した。

バイブを持って遊ぶことはできても、男になって腰を使い、美琶子を突けるなど思ってもみなかった。好奇心はあった。だが、恥ずかしくもあった。

「さっさとしないとまたお仕置だぞ」

慌てて珠実はベルトをつけた。

つけたものの、くぼんでいる場所からニュッと突き出た黒い肉の棒は異様だ。

「フフ、珠実のオチンチンもなかなかいいじゃないか。どうやって美琶子を可愛がるんだ。うんと声をあげさせろよ」

黒い疑似ペニスを見つめて、美琶子はすでに昂まっているようだ。

はじめてのことで、珠実は自信がなかった。ふたりの男がいなければ積極的に試せる気がした。ふたりは本物を持っている男だけに、ぎごちなく動いては笑われるだけだという気がする。

「どうした、やってみろ。やっていれば腰の使い方もうまくなる。もっとも、さっきウネウネとケツを振っていたのを見ると、うまいものだったがな」

(正面から？　立ったまま？　うしろから？　正常位？　それとも？)

珠実は不意に生えた肉茎に戸惑っていた。

「どうやら、急にペニスができても使い方がわからんようだな」

都留が笑った。

「ちょっとうまいブランディで喉を潤しませんか。いいのが手に入ったんですよ」

「じゃあ、いただきましょう」

「リビングで休んでくるから練習しておけよ。三十分で戻ってくるからな」

ふたりは《照明の部屋》から出ていった。

珠実はほっとした。ふたりきりになると俄然、行動的になる。

「ねェ、どこに入れてほしいの？　ワギナ？　お尻？」

「どっちも……」

美琶子も少し積極的になった。瞼のあたりがぽっと色づいている。

「両方いっしょに入れられるはずないでしょ」

「ココ……」

美琶子は相変わらず剃毛され続けてつるつるのスリットを指した。

「ソコ、隣のお部屋であの人に身体検査されたんでしょ？　内診台に縛りつけられて」

顔を赤らめながら美琶子が頷いた。

「どんなふうにされたの？　教えてくれないとしてあげない」

「大きな方のクスコを入れられて……うんと広げられて……内視鏡で見られたの。それから……」

「それから何よ」

口ごもった美琶子に興味が湧いた。

「尿道にカテーテルを入れられて、無理矢理、お小水をさせられたの」

「それ何？」

まだ珠実はされたことがなかった。珠実の知らないことを美琶子がされていると思うと、辱められることにも嫉妬した。

細いゴム管を挿入されると自然に小水が洩れ出すのだと、美琶子は恥ずかしそうに言った。

ビーカーに小水をさせられた珠実は、それも似たようなものだと思った。だが、やはりまだ体験していないことを美琶子が何度も体験していることには妬《ねた》ましかった。

「管を入れられるとき、痛くないの？」

美琶子は首を振った。

「気持よかったのね……私も知らない気持いいことを知ってるなんて許せないわ。お仕置してあげるからソファに横になるのよ。その前に、ペニスをナメナメして」

腰をぐいと突き出した。

丹野にも都留にも、よくさせられることだ。

〈入れてほしいならナメナメしろ〉

〈入れてほしけりゃしゃぶれ〉

〈ぴかぴかにしないと入れてやらないからな〉

そのあと跪いて奉仕することになる。

美琶子も珠実の前に跪き、愛しそうに肉棒を口に含むと、顔を前後に動かした。

睫毛をふるふる揺らしながら奉仕している美琶子を見おろしていると、たまらなく愛しくなる。五つも年上の美琶子が、今ではすっかり珠実の小猫になっている。

最初に丹野家を訪れたとき、美琶子に誘われて、美琶子に主導権を握られていたはずが、帰りには珠実の方が主導権を握っていた。

着付け教室までひらいているこの美琶子の従順さは何だろう。先生、先生と呼ばれ、生徒達の前では凛《りん》としているくせに、プレイとなると奴隷となってかしずいてしまう。

「上手にナメナメするのね。ほら、気持いいからペニスがおっきくなってきたわ。わかるでしょ？」

口に含んだまま頷く美琶子に、珠実はクスッと笑った。

「じゃあ、ナメナメして気持よくしてくれたお礼に入れてあげるわ。前にもうしろにも」

ソファに横にして脚をひらかせ、蜜でベトベトになっている秘園を舐めまわしてやった。

このごろ、薄い塩味のするぬるぬるを、おいしく感じるようになった。自分も分泌する愛液だが、他人のものなど気色悪く、決して口にすることはできないと思っていた。

「おいしい……きれいにしてあげようと思ってるのに、ナメナメするだけ出てくるじゃない」

ゼリーのようなピンクの粘膜をいつものように美しいと思いながら、染み出してくる蜜を見つめた。

「それ、入れて……ね、おっきいの入れて……」

首を上げた美琶子が疑似ペニスに手を伸ばした。

「入れてくださいでしょ？」

また丹野達とのプレイで要求されることを真似た。

「入れてください」

「いやらしいことが大好きだからオマ×コに入れてください、って丁寧に言うのよ」

珠実は命じながら女芯が疼いてくるのを感じた。

「美琶子はいやらしいことが大好きですから……オ……オマ×コにそれを入れてください……」

下唇をキュッと咬んで、美琶子は珠実から視線を逸らした。

「ふふ、私もいやらしいこと大好き。うんといやらしいことしてあげるわ」

鼓動を高鳴らせながら、グロテスクな黒いペニスの先を柔肉の狭間に押しつけた。いつも挿入されている身とはいえ、他人の秘壺に入れるのだと思うと、少し怖かった。

「あなたは処女だったわね……でも、やさしくしてあげるから怖くないのよ……ちょっと我慢してね……すぐいい気持にしてあげるから」

自分は男で、処女をこれから抱くのだという設定をすると、よけいに珠実は昂ぶりを覚えた。ペニスベルトの下は蜜にまみれていた。

ゆっくりと腰を沈めていった。肉のヒダを押し広げながら入りこんでいくのがわかる。豊富な蜜のために、太い肉棒にも拘《かかわ》らず、スムーズに入っていく。

「あぁ……あう……」

眉間を寄せ、口をあけて喘ぐ美琶子に、本当に美琶子を男として犯しているような気になった。

「痛い？　処女膜が破けるときって痛いものなの。しかたないでしょ？　我慢なさい」

「あん、痛い……痛ァい……やさしくして……」

痛みなどないのは声でわかる。美琶子もバージンを演じる気になったらしい。

「女は可哀そうね。でも、一回きりだから。どう？　奥まで入ってる？」

「あん……入ってる……でも、痛い……痛ァい。キスして。キスしてくれないと痛いの」

「すぐ痛くなくなるわ」

女とはこんなに可愛いものだったのかと切なくなるほどの愛しさを感じながら、珠実は美琶子の胸にかぶさり、唇を塞いだ。

内診台のある隣室から丹野と都留はふたりを覗いていた。

「珠実のやつ、俺達がいないと積極的に美琶子を責めるんだな。ふたりともどっぷり芝居の世界に浸りこんで、まったく思いのほか楽しませてくれるな」

女達の部屋の照明は自動的に色や明るさが変わっている。白い肌が赤や緑に染められたり、浮き上がったり、それだけでも美しかった。

女達の気が散るだろうと、ふたりは珠実にディルドゥを渡したあと、酒を呑むと偽って隣室に忍んだ。

美琶子はこの部屋に覗き穴があるのを知っているが、珠実は知らないはずだ。美琶子も、階下でふたりは酒を呑んでいると思っているのだろう。

主人としての男がいないときの珠実の素顔が見られて、ふたりは楽しくてならなかった。

「子供がままごと遊びしているとき、親そっくりの口調で母親や父親を演じていて苦笑することがあるでしょう？ 珠実のやつ、まるでガキのままごと遊びだ。われわれの口調をオウムのように繰り返して美琶子を抱いてる」

「まったくお笑いだ。女というのは可愛いもんだよ。それに、美琶子がバージンという設定も面白い」

ふたりは顔を合わせては笑いあった。

女達はディープキスに酔っている。ときおり乳房と乳房を擦り合わせるようにして抱き合い、くぐもった声をあげている。

「うんとキスしてあげたから、このおっきなお注射も、もう痛くないでしょ？」

「痛くない……」

「そう、じゃあ、動かすわよ」

半身を起こした珠実は、女ではなく男として腰を動かした。バイブを持って弄ぶときとちがう征服感があった。

「あぁん……あう……」

美琶子の乳房が揺れて、珠実が腰を動かすたびに頭の方にずり上がっていった。うしろから突きたい衝動も湧いた。だが、しばらく美琶子の顔を見ていたい。

「いい？」

「あん、いい……もっとして……あう、もっと……」

喘ぎながら揺れる美琶子を可愛いと思いながらも、じわじわと意地悪く責めてみたいという気持が湧き上がってきた。

腰を引いたあと、グイッと激しく子宮に向かって腰を沈めた。

「あう！」

大きく口をあけた美琶子が首をのけぞらせた。

「いやらしい女はお仕置されなくちゃならないのよ。逃げたらくくりつけて犯すわよ」

ぐいぐいと腰を秘芯に押しつけた。

「ヒッ！　んくっ！　やさしくして。やさしくして」

「痛いの？　もう痛くないでしょ。どう？　痛くないんでしょ。ねえ、ほんとのこと言いなさい」

「痛くない……あう！　だけどやさしくして……やさしくして」

抱きつくように珠実に向かって両手を差し出してくる美琶子に、珠実は震えるほどの快感を覚え、さらに激しく肉杭を突き入れた。

第五章　誘拐レイプ

1

今夜のプレイに使う別荘というのはどんな建物だろう。珠実はうきうきしていた。夫の克己は出張で三日ほど家をあける。それならと、丹野と都留が一泊のプレイ旅行ともいうべきものを計画したのだ。

留守中電話を掛けられると困るので、克己には美琶子の家に泊まると伝えた。

初対面の男が駅近くの洒落《しやれ》たブティック前に車をつけることになっている。美琶子も乗っているはずだ。

うっかり車種を聞くのを忘れてしまったが、赤い車と丹野は言っていた。その車の男もプレイに参加するのだ。

美琶子は、これまで何度も丹野と都留以外の男に自由にされたと告白した。SMプレイの虜になった今、珠実は自分の性生活の貧しかったことを振り返り、美琶子を羨ましいと思った。

けれど、自分がこれから数時間後、美琶子のような新しい体験をするのだと思うと、車を待っているだけで震えがきそうだった。

新しく買った黒いミニタイトに黒いセーター。赤いストッキング。むろん、ガーターベルトで吊っている。そんな大胆な服に、太めのゴールドのネックレスとイヤリングで、珠実は落ち着かなかった。

仕事にはもっと落ち着いたスーツで出かけることが多い。あまり目立つアクセサリーもしない。

丹野家に出かけるときも、仕事帰りなので大胆な服装はできない。だが、丹野家で彼らに用意されたものに着替えることはあった。なかでも、レザーやエナメルのインナーで弄ばれたとき、とことん性をむさぼってみたいと思ったものだ。

ときおり、通りがかりの男が誘いの言葉や冷やかしの言葉をかけていった。

(早く来て……こんな格好じゃ落ち着かないわ)

知合いにこんな目立つ姿でいるのを見られたくなかった。

クラクションが鳴った。赤いアウディだ。

(やっと来てくれたわ……)

赤い色は目立つ。車と珠実に数人の好奇の目が向いた。

後部ドアがあいた。

美琶子はいない。ポロシャツの見知らぬ四十半ばの男が座っていた。運転しているのも見知らぬ男だ。サングラスをかけているが、四十代半ばか後半ぐらいだろうか。サラリーマンという感じではなく、何か事業でもしている雰囲気の男達だ。

「あの……美琶子さんは？」

参加する第三者はひとりと思っていたし、美琶子もいないのに戸惑った。

「早く乗ってくれないか」

運転席にいるサングラスの男の声にせかされ、珠実は後部座席の男の横に乗りこんだ。

（この人達に恥ずかしいことをされるのかしら……）

初対面の男達とプレイすることを考えると羞恥でいっぱいになった。躰の隅々まで余すところなくさらけ出され、いたぶられ、声をあげることになるだろう。

「別荘はどちらに？」

話しかけてくると思っていたふたりの男の沈黙に耐えきれず、珠実は隣の男に聞いた。

「別荘って何のことだ」

「だって、別荘に行くんでしょう？　丹野さんにそう聞いています」

「誰だ、その丹野とかいうやつ。ははん、おまえのパトロンってわけか。金のあり余った爺ィなんだろうな」

どうもようすがおかしい。

「あなた達、丹野さんのお知合いじゃないんですか？　どちらかがお持ちの別荘に行くんでしょう？」

「おい、別荘に行く予定はあったか」

「いや、ないな」

「あなたたち、誰？　誰なの？」

血が逆流するようだった。

「まず自分の名前から名乗ったらどうだ。ナンパされたくてドアをあけたらすぐに乗り込んできたんだろう？」

「おいおい、若者にナンパは似合うが、俺達にはその言葉は似合わないぞ。四十過ぎてるんだ」

運転している男がバックミラーのなかで唇をゆるめた。

「降ろして！　降ろしてちょうだい！」

「せっかく知合ったというのに、降ろしてはないだろう？　どうせ男を物色してたんだろう？　あそこでクラクションを鳴らすと、よく女が乗っかってくるんだ。だから、いつも気の合うふたりで可愛がってやることにしているんだ。ちょっと手荒いことをするかもしれんが」

「降ろして！　うぐ……」

麻酔薬のたっぷり染みこんだハンカチを押しつけられ、珠実は意識を失った。

気がつくとすべてを剝ぎ取られ、珠実は壁に打ちつけられたX字の磔台《はりつけだい》に手足を固定されていた。乳房も秘園も丸出しの、恥ずかしい姿だった。

「うぐ……」

助けてと言ったつもりが、口を割ったボール・ギャグに、唾液が隙間からしたたり落ちるだけだ。情けなさと恐ろしさに珠実は首を振り立てた。

窓がない。地下室のようだ。

いかにもSMプレイのためというように、天井から鎖が下がっていたり、壁から丈夫なリングや鉤《かぎ》が出ていたりする。床にはロープや鎖が落ちていた。

シーツのないマットだけのパイプベッドや旧式の内診台、何やらいかがわしい臭いのする椅子もあった。

つくりつけの棚にはバイブや蠟燭、クスコやゴム管、珠実の知らない品々が並んでいる。床から天井まで、ここにあるすべてのものが、女を凌辱するための小道具になるのではないかと思えた。

「むぐぐ……」

また珠実は声をあげた。

「おう、目が覚めたようだな。いい夢は見られたか」

珠実に麻酔を嗅がせたポロシャツの男が入ってきた。

「すぐに男の誘いに乗るような尻軽女に、我々は折檻することにしてるんだ。あそこで車に乗った女は、全員ここで折檻されたってわけだ。きのうからいる先客に、最後の仕上げをするところだ。あした何をされるかじっくりそこで見物するんだな。そして、自分の破廉恥さを反省しろ」

運転していたサングラスの男が女を連れて入ってきた。

素裸の女は珠実のように猿轡《さるぐつわ》され、ボール・ギャグをした口辺から涎をしたたらせていた。

(私もこの人みたいに涎を垂らしてるのね……)

惨めな者どうし見つめ合い、互いを見られるのを恥じるように、すぐにふたりは視線を逸らした。

女は秘園の茂みをすっかり剃毛されていた。手首と足首、首にまで、がっちりした黒い革枷《かせ》を塡《は》められ、乳首を絞り出すようなレザーのトップレスブラをつけられている。その谷間にも、手足や首の枷同様、厚いリングが塡めこまれていた。

「見知らぬ男にすぐにノコノコついてくるような貞操観念のない女には、我々は容赦しない。この女はきのうたっぷり辱められ、きょうは我々の決めた軽薄女に対する罪の印をつけられるんだ。明日どうなるか、そのスッポンポンの破廉恥な姿のまま、ようく見ておくんだな」

女は穴のあいたボール・ギャグを塡められ、涎をしたたらせているが、色白で鼻筋はとおっており、二重瞼がきれいだ。睫毛が長く、眉はきれいな曲線を描いている。

軽いウェーブのかかった胸までの髪は栗色がかっており、レザーのトップレスブラに絞られているため、自然な乳房の形はわからないが、きれいな肌をしているだけに、その膨らみは白磁のようにすべすべして椀形をしているのが想像できる。

丸みを帯びた女っぽい腰つきだ。踝は引き締まっているが、全体的に肉づきがよく、栄養のいい仔犬を想像させる。爪には揃いのピンクのマニキュアとペディキュアが塗られていた。

三十歳前後だろうか。

ぽってりした愛らしい女は、男達が言うように決して男関係で折檻されるような破廉恥な女ではなく、それどころか、世間に疎《うと》い上流婦人の雰囲気を持っていた。

（私と同じように、何かの間違いで連れて来られたんだわ……きっとそうよ……きのう、何をされたの……これから何をされるというの……）

女と同じ運命を辿らなければならないのかと思うと、何ひとつ見ていない前から血の気が引いていきそうだ。

（助けて……助けに来て……）

すでに珠実の不在に気がついているにちがいない丹野達にテレパシーで伝えたかった。

（お願い、助けて……）

だが、あの場所に珠実が現れなかったとき、夫の出張がとりやめになり、夫とともに出かけることになったのだろうと考えるかもしれない。急に身内に何か起こり、連絡する間もなく出かけねばならなくなったなどと思うかもしれない。

そして、克己の方は、少なくとも出張の間は珠実の不在に不審を抱くことはないだろう。

絶望に、不意に時が止まったように感じた。救いのための時間は決して流れないのだ。

涎を垂らしている女は、犬のように首枷に鎖をつけられ、無情にぐいと引かれて四つん這いになるよう命じられた。

珠実に向けられた白い艶めかしい臀部の狭間から、恥毛を剃られた剝き出しの〝女〟が丸見えになった。

「これをちゃんと咥えてろ。出したりしたら承知しないぞ。言うことを聞けなかったらどうなるかわかってるな」

サングラスの男は棚から出した白い卵形の、珠実も知っている小さいが威力のあるローターを〝女〟の秘口にうしろから押しこんだ。

「ぐ……」

頭がわずかにのけぞり、栗色の髪が揺れた。

スイッチが入った。

「うぐ……」

秘壺に受ける震動に、女が声にならない声を出し、床についた手足をぎゅっと押しつけているのがわかった。

「破廉恥女はそうやって鞭を食らうのがお似合いなんだ」

黒い房鞭が女の左の尻たぼを打ちのめした。

「ぐ……」

「うぐ……」

女と珠実が同時に声をあげた。

「おまえにも同じようにしてやるからな」

珠実の横にいるポロシャツの男が笑った。

女の左の尻に赤い線が走った。男は左の尻たぼだけを数回打ちのめした。そのたびに女は声をあげたが、女壺で震動しているローターの刺激でも声をあげているにちがいなかった。

小さなバイブから伸びた線に繋がっているスイッチ部分は床に届いていたが、男がそれを操作し、いっそう強い震動にした。女の声がいちだんと大きくなった。

振り下ろす鞭の速度が速くなり、痛みと快感に女は狂ったように首を振り立てた。髪が汗ばんだ背中や顔に張りついた。

「うぐぅ！」

総身に痙攣が走った。背中を一筋の光が駆け抜けていったような動きだった。数度の痙攣のあと、女は腕を折って床に突っ伏した。

突き出た尻の菊の蕾に、男は鞭の柄をねじこむように押しこんでいった。

「あの女の腸は大量の浣腸液で何度も繰り返し完璧に洗ってあるんだ。行ないの悪い女は、せめて躰のなかぐらい清めておかないとな」

部屋の隅の、点滴のときに使うようなイルリガートルのスタンドをポロシャツの男に指され、珠実に悪寒が走った。あんな大量の浣腸はまだされたことがない。何もかもが恐ろしかった。

鞭の柄は何度か抽送されたあと出されたが、疲労困憊《こんぱい》しているとわかる女の首輪から伸びた鎖を引いた男は、パイプベッドに俯せにすると、それぞれの枷に鎖をつけ、大の字に拘束した。

最後にくびれたウェスト部分にもベルトをつけ、左右の脇から出ている鎖もパイプの脇に固定した。執拗な拘束に、女はほとんど身動きできない状態だ。

「ご丁寧なくくり方だろう。これからは動かれちゃ困るんだ。なぜかわかるか」

ポロシャツの男はそのつど珠実に説明するのを楽しんでいた。

「刺青を彫ってやるんだ。尻っぺたにな。左の尻しかあいつが叩かなかったのは、右のケツに刺青を彫るためさ。せっかく彫ってやるのに鞭で傷つけたんじゃ、いくらうまい彫り師といってもやりにくいからな。おまえには俺が彫ってやることになるが、俺の好みは背中だ。楽しみにしときな」

（まさか！　そんなこと……嘘……）

目の前が真っ暗になった。そんな躰では二度と克己の元に戻れない。刻まれたそれをどう説明しろと言うのだろう……。自分の人生が終わってしまう……。そんな気さえして愕然とした。

「これから男に抱かれるたびに、私は破廉恥な女です。だから仕置にこんなものを入れられいましたと言うんだぞ」

作業に邪魔なのか、男がはじめてサングラスをはずした。ヤクザな顔が現れると思っていたが、それほど凄みはなく、どこにでもいる普通の男だ。

男は女の尻の汗を拭いたあと、消毒薬で拭《ぬぐ》うと、能面の小面《こおもて》を描いた紙を横に置き、そっくり同じものを、いかにも慣れた手つきで描いていった。

「これから彫りこんでやるからな。動いたらぶざまな彫物ができるぞ。チャチな落書きと笑われたくないなら、いいか、もう一度言うが、決して動くな」

墨で描いた下書きの上を、さらに墨をつけながら彫っていくのだ。

男は左の親指に滑りどめのサックをつけ、墨をつけた筆をやはり左の薬指に挟んだ。

竹の先に細い針を並べてくくりつけてある筆針を右手に取った男は、左手の筆の墨を女の肌につけながら、筆針をそのあとに刺していった。墨を肌に入れるため、二、三度同じところを刺す。

「ぐぐ……う……ぐ……」

ボール・ギャグをされたままの女は苦痛の声を洩らした。涎がマットに垂れるほどしたたっていた。総身がこわばっている。

珠実は震えた。何本もの針で肌を刺される痛みはどれほどのものだろう……。そして、そこに墨を入れられる痛みは……。

「むぐぐ……ぐ……」

言葉にならないのを承知で、やめて、と繰り返しながら、珠実は首を振り立てた。

「どうした、おまえは明日だ。そう慌ててせがむな。何を彫りたい？　絵でも字でも何でもいいんだぞ。南無阿弥陀仏というのもいいかもしれんな」

ポロシャツの男は女の悲鳴に近い声にも動じず、珠実を見て笑った。

筆針はいっときも止まることなく動き続けている。左手の筆の墨が下絵の肌につけられると同時に、右の筆針を素早くその上に刺していく。

墨と血の混じったものを布でときおり拭きながら、男は一心に小面の輪郭を彫っていた。

「みごとだろう。つまり、いかにふしだら女が多いかというわけだ。彫るたびに俺達はうまくなるんだからな。しかし、俺達は情け深いんだぞ。手彫りだからな。機械だともっと簡単に彫れるんだ。だが、手彫りの方が色がいい。ある程度深く彫らないとな。機械より痛いぶん、あとあと見栄えがいいってわけだ。やられてる最中は気絶するほど痛いらしいがな」

珠実はおぞけだった。

彫られるときの苦痛だけでなく、そのあと死ぬまで残る刻まれた絵に、また自分の人生は終わってしまうのだと思った。

輪郭を彫り終わると、作業をしている男は今までより数の多い筆針に持ちかえ、黒い墨の筆も朱色のものにかえた。輪郭の内側に朱色を埋めこんでいくボカシに入るのだ。

女の苦痛の声がいちだんと大きくなった。

(いやいやいや！　助けて！)

身動きできない躰に墨を入れられていく目の前の女を自分に置き換え、珠実は狂いそうだった。だが、これほどの苦境に立たされながら、どこかが疼いている。

美琶子とのプレイでは優位に立っているつもりが、丹野や都留とのプレイで被虐の悦びを覚え、マゾに目覚めてしまったのだろうか……。

(なぜ……なぜなの……どうして……)

女から洩れる苦痛の声に躰が燃えた。X字に拘束されてひらいた太腿の間から、じんわりと蜜が溢れ出し、受けとめるもののないまま、秘園をいっぱいに濡らし、太腿から伝い落ちようとしている。

「素人離れした腕前をたっぷり見学したら、安心してまかせられるだろう？」

ポロシャツの男が、ちらりと珠実の下半身に視線を這わせて言った。

女の肌を刺している男の手が止まったのは、二時間近くたってからだった。

血が滲んで腫《は》れ上がった女の尻は痛々しかった。

「いま醜いからといって落胆するなよ。地腫れと言って、彫り終わったあとは誰でもしばらくあああなるんだ。落ち着けばきれいな彫物ってわけだ」

女の拘束が解かれた。口輪もはずされたが、女は死んだように俯せになったまま動かなかった。

「おい、終わったぞ。礼を言わないまま済ますんじゃないだろうな」

刺青を彫った男は、死んだようになっている女の首輪をつかんで顔を持ち上げた。

「あ、ありがとうございます……」

空気が洩れたような、ようやく聞き取れる掠れた声だった。

女の言葉に珠実は唖然《あぜん》とした。この状況でそんな言葉を出すほど女は徹底的に辱められ、調教されてしまったのだろうか。

(私はいったい何をされるの……)

恐怖にそそけだった。

2

ポロシャツの男は、珠実の傍らから正面に移ると、ボール・ギャグの隙間から涎の垂れているぶざまな顔を鼻先で笑い、後頭部にまわっている口輪のベルトをはずした。

口辺から耳にかけて赤い線がついていた。唇が割れているようで、目鼻だちのはっきりしている珠実の顔を台無しにしていた。

珠実は垂れている唾液を拭いたかった。

「助けて。よく聞いて……ちがうの。人を待ってたの。待ち合わせしていたのよ。私には夫がいるわ。昼間はまともなところで働いているのよ。あなた達は何か勘違いしてるのよ。帰して。このまま帰してくれたら何もなかったことにするわ。だから解いて」

だが、手足はX字に磔られたままだ。

ようやく話せるようになったことで、珠実は饒舌《じょうぜつ》になった。この一瞬で自分の人生が変わるのだと思った。

丹野や都留との行為ならどこかに遊びの要素が含まれている。男達のところに自分から訪れ、辱められもする。屈辱とともに快感を与えられることを知っている。だが、この男達はちがう。

「派手なガーターベルトだったな。今どき素人はあんなものつけないぞ。いつもあんなもので男をたぶらかしてるわけか」

「私は人を待っていただけなのよ。私はまともな女よ。ね、勘違いされてるだけなのよ」

「みんなそう言うさ。初対面の男しか乗っていないのがわかっていながら、よく車に乗ったな。まともな女がそんな軽はずみなことをするはずがないだろう。きょうはいい天気で、おまえは土砂降りの雨に打たれていたわけではなかった。俺達は親切を装ってドアをひらいたんでもなかった。おまえのどこがまともだ」

返す言葉はない。はじめての男を交えて淫靡な行為を楽しむため、珠実は車に乗ったのだ。ただ、その車をまちがう失態を犯してしまった。取り返しのつかない、後悔してもしきれない、おそらく人生が変わるほどの失態……。

「三十分したらピアスだ。それまでそのまま休んでろ」

サングラスをふたたびかけた男は、女の臀部に滲んできた血を拭った。

「ピアスっていうのは、おまえのように耳にするピアスのことじゃない。ラビアだ。なかなかいいものだぞ」

すぐには意味がわからなかった。ポロシャツの男にとくとくと説明されていくうち、冷たい汗がびっしょりと珠実の総身を覆っていった。

サングラスの男が女を離れ、珠実に近づいてきた。それだけで、珠実はそそけだった。

「俺の素晴らしい腕前を見られて光栄だろう。男は器用でなくちゃな」

「あ、あんな酷いことして……私にあんなことしたら……絶対に許さないわ……」

言葉と裏腹に珠実の口調はか弱かった。語尾さえ震えた。全裸で手足を広げて拘束されている身では、何ひとつ抵抗できるはずがなかった。

「許すか許さないか、淫乱な躰に聞いてみよう。何をされても許すんじゃないのか」

サングラスの男の言葉にポロシャツの男もニヤリと笑った。

「ゆ、許さないわ……許さない……助けて！　いや！　いや！　いや！」

追いつめられた獲物に残されているのは言葉だけしかなかった。磔台の拘束から逃れようと虚しい抵抗を試みながら、珠実は、首を振り立てて叫んだ。

逃れようとするほど、手首と足首の革枷がきりきりと締めつけてくる。

「いやァ！　いやァ！」

「まだ何もしてないだろ。挨拶がわりにじっくり可愛がってやろうというんだ」

「そうだ、ねっとりやられれば、どんなことでもご自由にと言いたくなるはずだぞ」

両側からふたりの男が乳房をつかんだ。

「あう！」

触れられただけで恐怖が駆け抜けた。だが、男達は珠実が思っていたような手荒い真似はしなかった。

乳房を揉みしだく手は、どうすれば珠実の快感を引き出すことができるか知り尽くしているように、微妙な強弱をつけて動いた。ほぐすように全体を揉みしだいては、乳首を指先でクリクリと揉みたてる。

つい今しがたまでの恐怖に、細胞のひとつひとつが縮こまっていたが、ふたりに両脇から巧みにねっとりと愛撫されていると、堅い細胞が爪先に向かってじんわりと弛緩していった。

「あぁう……うぅん……」

拳をつくってキュッと握りしめ、尻をもじつかせ、足指を擦り合わせた。

最初の快感を引き出されるとそれが呼び水となり、動けないことでいっそう感覚は敏感になった。

執拗に揉み、乳首を指の腹で撫でられ、指の間に挟んでこねられる。殻を被《かぶ》った木の実のようにしこった乳首を、なおもふたりはやさしく責めたてた。

「あああ……いやァ……いやァ……あんんん……」

恐怖に冷えきっていた躰がみるみるうちに火照っていった。じっとりと汗が滲んだ。

目の前には臀部に小面を彫られた女が俯せのまま死んだように横たわっている。

筆針が冷酷に白い肌の上を刺していくのを見ながら、珠実はおぞけだっていたはずだった。

だが、今、ふたりの指は確実に珠実を快感へと導いている。ふたりに同時に触れられて昂まっていくことは苦痛にも近かった。

「いやいや……あぁう……乳首いや……くうう……」

眉間に小さな皺を寄せた泣きそうな顔を、喘ぎ声に合わせるようにゆったりと振り立てた。秘芯から滾《たぎ》った愛液が溢れ出している。

「やけにとろけた声でいやと言うじゃないか」

サングラスの男が珠実の顎をぐいと持ち上げて唇を歪めた。それから珠実の耳朶を軽く咬み、息を吐きかけた。

「あうう……」

ゾクリと粟立ち、そこから妖しい波が広がっていった。生あたたかい舌が耳を這いずりはじめた。

ポロシャツの男は相変わらず乳房を揉みたて、乳首を弄んでいる。

「んんっ……やめて……あう……ああ……」

丹野と都留にいっしょに弄ばれることもあったが、そのとき以上に肌が敏感になっている。

(いやいや。どうして……どうしてこんなに……)

冷酷な男達がなぜこれほどやさしい舌や指の動きをするのか不思議だった。そして、理不尽に扱われているとわかっていながら疼いてやまない自分の躰が腹立たしかった。

(悔しい……でも……耐えられない……)

秘芯がずくっずくっと脈打っていた。熱い蜜がジュッと音をたてるような激しさで溢れていくのがわかった。

サングラスの男は耳を舐めまわしては息を吐きかけながら躰をまさぐりはじめた。敏感になっている総身の細胞がざわついた。

ポロシャツの男は乳房を愛撫しながら、片手を秘園に伸ばしていった。

「いやよ……いや……ああっ……」

濃いめの茂みを持った汗ばんだ柔肉の膨らみを撫でまわされ、合わせ目をくつろげられたとき、珠実は心のどこかでそれを待っていた自分を知った。

躰が火照り、疼き、脈打ち、それは、中心を触れられたいという欲求に繋がり、さらに、昇りつめたいという欲求に繋がっていることは否定できなかった。

丹野達とプレイしてきたために、どんな理不尽な立場に置かれても、触れられさえすれば躰が疼くようになってしまったのかと、珠実は快感のなかで愕然とした。

（ちがう。私のせいじゃない。この人達の指や舌が……この人達がいつも女を……だからきっと……）

珠実の最後の理性が、悪辣《あくらつ》な男達によってさえ快感を覚えている自分を正当化しようとした。

秘園をくつろげた指が花びらや肉のマメをこねまわしはじめた。その指もやさしすぎた。やさしいだけ大きな昂まりをもたらした。

「やめて……やめて……ああう……」

耳、乳房、腰、女園……。あらゆるところを妖しい虫達が這いずりまわっている。理性など容易に殺してしまう虫達だった。

「あう……いや……いやァ……」

「いやじゃないだろう？　してだろう？　もっとしてほしいんだろう？」

耳を舐めまわしていたサングラスの男が囁いた。丹野や都留に弄ばれるときと似た、珠実の心の奥底を覗いているような囁きだった。

ポロシャツの男の指は丹念に秘口の周囲をこねまわし続けている。だが、エクスタシーを呼ぶ一歩手前でとどめているような、最後の最後の愛撫を抑えているようなもどかしさがあった。

「お、お願い……」

いかせて、と言おうとしてハッとし、珠実は口をつぐんだ。

「うん？　何のお願いだ」

サングラスの男が囁いた。

「言ってみろ」

ポロシャツの男もニヤリとしながら耳元で尋ねた。

珠実は唇を噛んで首を振った。せめて秘園をまさぐる指を秘芯に入れてほしいと思い、誘うように腰をくねらせた。だが、指は相変わらず、同じ行為を同じやさしさで繰り返した。

サングラスの男の指が感じやすい太腿をなぞりはじめた。

「はあっ……あぁん……いやァ……」

朦朧とした。丹野と都留に弄ばれているような錯覚に陥り、ふっと正気に戻っては、おぞましい見知らぬ地下室だったことに気づく……。

肉体の弱さに唇をきりきりと噛みながら、それでもやがてふたりにすべてを投げ出してしまうのだと予感せずにはいられなかった。

「いいんだろう？　気持いいと言ったらイカせてやってもいいんだぞ」

「ぐっしょり濡れるほどいいのか」

左右の耳元で囁かれ、四本の手であちこちをいじりまわされていると、珠実はもうどうなってもいい、この快感のなかの苦痛から解き放たれたいと思った。

「お願い……して……いかせて……あぁう……お願い」

「気持いいと言えよ」

「き、気持いい……」

「俺達の言うことを何でも聞くのか。だったら、イカせてやってもいいんだ」

「何でも……何でもします……だから」

目配せして笑ったふたりの男は、珠実の手足の枷を解いてX字の磔台から珠実を解放した。

珠実はまっすぐ立っていることができなかった。

「四つん這いになってケツを見せてみな。どうせ、派手にうしろでもやってるんだろう」

夫にも知られていないアブノーマルな秘密だが、夫は騙せても、この男達を騙すことはできないと思った。

(淫らな女としか見られないわ。そう、私は淫らな女よ。アブノーマルな世界を知ってしまったわ。そして、そこからもう離れられないと悟ったわ。だから、出張中の夫を騙して、見ず知らずの人と別荘でプレイするつもりだったのよ。私はそんな女なの……)

そんな女なの……と、珠実は心のなかで繰り返しながら、男達に向かって尻を高く掲げた。

「よしよし、それだけ破廉恥に突き出してくれると見やすいってもんだ。短い間に、やけにお利口さんになったじゃないか」

屈辱と思いながら、辱められることにどこかで快感を感じている自分がいた。丹野と都留に引き出されたマゾの悦びが、しっかりと心と躰に植えつけられていた。

くびれたウェストから大きく膨らんでいる臀部の形のよさに、男達はにんまりした。そのまま珠実の双丘を見つめた。

「いや……」

一方的に見られるだけの恥ずかしさは、今も変わっていない。なまじ触られるより感じてしまう。羞恥を覚えると、いつも躰は正直に反応し、秘芯から蜜をしたたらせる。それがいっそう羞恥を増幅させることになる。

「見ろ、この女、ケツを突き出すと感じるらしい。どうやらオシッコとちがうものが出てきたようだ。女というより、メスってとこだな」

「どれ……ほほう、まったくスケベな女だ。さっきいじくりまわしているとベトベトになったが、いじらなくても濡れるってわけだ」

男達の笑いにさすがに恥ずかしくなり、珠実は尻を落とした。

すかさずバシリとスパンキングが飛んだ。

「あう！」

「よしと言うまでメスらしく突き出してな」

尻をつかんで持ち上げられると、躰が火照って顔が真っ赤になった。

「顔も尻も赤くなって、だいぶメス猿らしくなってきたな」

また笑いが広がった。

躰を支える腕がブルブルと震えた。泣きたくなった。それでいて、どこかで昂ぶりを覚えているもうひとりの自分がいた。

男の指が双丘をくつろげた。

「あう……」

尻がびくりと硬直した。

「おう、いい色だ。ケツの穴がもっこり膨らんで、いかにも使ってますって感じだな。こりゃあ、うしろも好き者だぜ」

珠実は唇を噛みしめながら、視姦される屈辱と、そこから生まれる淫らな快感に浸っていた。

「イカせてやるには、涎を垂らしてるオマ×コもいいが、ココにぶちこんでやるのがいちばんのようだな。しかし、このままマラを突っこむわけにはいかんな」

「でかい浣腸だな」

菊の蕾を見られたからには予想どおりのことだった。

刺青を刻まれた女がされたというイルリガートルで大量浣腸される恐怖がよぎった。だが、丹野達も使う大型の注射筒を見せられ、最悪の予想から逃れられたことにわずかながらほっとした。

「くう……」

ガラスの嘴がうしろのすぼまりに挿入されたとき、その冷たさに総身が粟立った。ゆっくりと液が注入されていく感触は、何度も丹野達によって味わってきた。

最近では丹野達が面白がって、美琶子と珠実に交互に注入させて見物することも多くなっていた。

「速く入れて……ああ、いや……」

故意にゆっくりと注入されていく液に、珠実は汗を噴きこぼした。

単にスピードが遅いだけなら耐えられるが、丹野達が使うぬるま湯ではなく、たっぷりとグリセリンでも入っているらしい。

「速くして……」

「おう、そんなにこれが好きか。それならもう一本ご馳走してやろうな」

一気に残りを注入されたあと、ふたたび、たっぷりの液を吸いこんだガラス管をすぼんだ菊花に突き刺され、珠実はヒッと声をあげた。

「いや。許して。許して」

腹がグルグルと鳴り、すぼまりを閉じているのが苦しい。

「好きなんだろ。遠慮するな」

嘴が抜かれたあと、丹野達に苦しめられたように、男達もすぐにはトイレに行かせようとしなかった。

「トイレに……お願い……」

「さっきイカせてほしいと言ったんだったな。何でもしますということだった。そのためにこうなったんだ。トイレに行く前に上手にしゃぶってくれるよな？　これはまだだぞ」

紙を敷いたオマルを、ポロシャツの男が珠実の前に蹴った。それをすぐさまサングラスの男が部屋の隅に蹴やった。

珠実は愕然とした。美琶子となら何とか慣れてきたが、丹野と都留の前で排泄するのにはまだためらいがある。きょう会ったばかりの男達の前ではなおさらだ。

「いやなのか？　またくくりつけてやってもいいんだぞ。ここでは嘘つきには折檻と決まってるんだ」

一本鞭を取ったポロシャツの男にそそけだった汗まみれの珠実は苦痛を堪えて跪き、男の足元にすがった。

丹野達とのプレイで肉棒に奉仕するとき跪く習慣が、自然に珠実をそんな姿にしていた。

珠実は房鞭でしか打たれたことがない。一本鞭の痛さは知らないが、力が一点に集中されるその威力は丹野達からさんざん聞いていた。

苛立った男にそんな鞭をひと振りされれば肉が裂かれるのではないかと、珠実は力の前にひれ伏すしかなかった。

いきり立ったふたりの剛直は黒々として太く、いかにも精力的だ。特にサングラスの男の肉柱は、これまで知っているどの男のものより逞《たくま》しかった。

最初にサングラスの男の肉柱を口に含んだ。グイッとエラを張ったようなカリ部分が、顔を前後に動かすたびに唇を刺激した。

「ガキじゃあるまいし、もっとうまくやれ。袋を触るのを忘れてるんじゃないか」

慌てて皺袋に手を伸ばし、揉みしだいた。

(ここは美琶子さんの家……私は知っている人達とプレイしてるのよ……)

そう言い聞かせながら、排泄の欲求から少しでも意識を逸《そ》らせようと熱心に肉茎に奉仕した。

すっくと立った男に短い髪をまさぐられていると、本当に丹野達に奉仕しているような気がしてきた。

顎がはずれそうになったが、亀頭やエラを舐めまわしたり鈴口を舌先でつついたりしながら、夢中で奉仕した。

脂汗が滲み、熱くなり、やがて悪寒に変わった。

「よし、もういいぞ。おまえが欲しがっているものをやろう。その前に汚いものを全部出しな」

部屋の隅に蹴やられていたオマルが、珠実の前に戻ってきた。

「見ないで……見ないで……」

「まだ我慢できるようなら、あと二、三十分しゃぶってもらうぜ」

オマルを引こうとする男に、珠実は慌ててそれを跨《また》いだ。

その瞬間、珠実のプライドは喪失し、人格のない肉奴隷に転落した。

うしろのすぼまりを洗われたあと、ベッドに連れて行かれ、まだ俯せたままになっている女の、彫りたての小面の刺青を間近で見せられた。

消しても消えない肌に刻みつけられた絵を、明日になれば自分も彫られるのだ。

「おまえは何を彫られたい。こんなやつか。それとも文字か。花でも何でも好きなものを言ってみろ。一生ついてまわるものなんだからな」

諦めるしかないと珠実は思った。堕ちるところまで堕ちていくのだと思った。

美琶子の顔が浮かんだ。はじめて知った女だ。嫉妬したこともあったが、珠実にとってはかけがえのない愛しい女だった。

はじめて丹野家を訪れたとき美琶子が着ていた古代縮緬にあしらわれていた椿の花が、鮮明に脳裏に浮かびあがった。その着物を着た美琶子が、珠実を誘ったのだ。あれから女同士の悦びに目覚め、幾度となく躰を合わせた。

（美琶子さん……私の美琶子……）

切なさがこみあげてきた。

「何でもいいってわけだ。大蛇でも彫ってやろうか」

男の声に、ひととき思い出に浸っていた珠実は現実に引き戻された。

「椿……椿の花……」

声が震えた。

刺青を彫られたあと、たとえここから解放されることがあっても、そんな躰では二度と夫のもとには戻れない。美琶子にも会えないと思った。

それなら美琶子を愛した思い出に、あのときの古代縮緬に描かれた椿を彫ってもらいたい。

珠実はそう思った。

「ほう、椿か。女らしく花がいいってわけか。よし、希望をかなえてやるぞ」

男は弾んだ声で言った。

3

「香菜絵、ベッドをあけろ。まだケツに触るなよ。隅のマットの上で休んでろ。この女をたっぷり可愛がってやったら、ピアスだからな」

サングラスの男の言葉に女はのろのろと身を起こし、マットの上に俯せになった。

品のある口元は、肉棒など一度も含んだことがないようだ。それだけに、男達から二日にわたってどんな仕打ちを受けたのかと心が痛んだ。尋ねるまでもなく、おおよそ見当はついた。

ベッドに横になると、女の汗と体温でじっとりしていた。

「マラをしゃぶってくれたお礼に、おまえの破廉恥なオマ×コを舐めてやろう。イカせてということだったしな」

ポロシャツの男が珠実の脚を割り、秘園に顔を埋めた。生ぬるい舌の感触がスリットに入りこみ、花びらをペロリと舐めた。

「あう……」

腰がくねった。

サングラスをはずした男は横から珠実にかぶさり、唇を塞いだ。

どこの誰とも知らない冷酷な男の唇を、珠実はためらうことなく受け入れていた。人格をなくし、奴隷として堕ちた証だった。

くすぐるような巧みなキス。そして、女芯を舐めまわし、チュブッとときおり蜜を吸い上げているもうひとりの男……。

「うぐ……ぐ……」

唇を塞がれていることでくぐもった声しか出なかった。ただ快感だけがよぎっていく。

(私は肉の奴隷になるの。こうやって身をまかせていれば男達は快楽を与えてくれるわ。ここから解放されるとき、いつまでもここにいたいと言ってみるわ。もう昔には戻れないんだもの。夫のもとにも職場にも戻れないんだもの)

男達と肩を並べて堂々と仕事をしていた珠実だったが、職場にも戻れないと思うと、これから先、ひとりでは生きていけない気がした。死ぬ勇気もなかった。

珠実は舌を動かした。男の舌に絡め、唾液をむさぼり吸った。

奴隷になる決意が生まれると、とことん肉欲のなかに身を沈めたくなった。

サングラスをはずしている男が顔を離した。

「もっと……キスして……離れないで……あ……ああ……あう！　い、いく……そこ、そこがいい」

唇を合わせていた男から、下半身への男の舌の動きに意識が移った。

ポロシャツの男も顔を離した。

「ああ……」

絶望の声が洩れた。

「して……お願い……」

「かっさらわれたことも忘れて、おまえは心底淫乱女のようだな。一生ここで飼うことに決めたぞ」

一筋の光明が射した。

一時間前なら救いのなさに目の前が真っ暗になっていただろう。だが、今は、ひとりでさまようことはないのだと安らかな気持が広がっていった。

「して……もっと……」

「一生俺達に飼われるんだな」

「はい……」

「よし、なかなかものわかりがいいじゃないか」

男達は満足そうに顔を見合わせた。

さっきまでサングラスをかけていた男がベッドに横になり、珠実をのせて秘芯を貫いた。

「ああっ……」

「デカイだろう。毎日こいつで突いてやるからな。嬉しいか」

「あう……はい……」

男は尻の下にぶ厚いクッションを敷いた。珠実の腰も持ち上がった。

「おい、うしろにも入れてやる。息を抜け。前とうしろをいっしょに可愛がられて幸せだろう」

背中でポロシャツ男の声がした。

まだワギナと菊蕾を同時に愛されたことはない。鳥肌が立った。

「気持よすぎて失神するなよ」

「失神ならいいが、オシッコでも洩らされたら、下にいる俺はいい迷惑だぜ。ほら、さっさと息を吐け」

「こ、怖い……」

「怖いだと？　ゆっくり息さえ吐いていれば、とうに調教済みらしいおまえのケツなら怪我することはないさ」

心臓が飛び出るほど鼓動が高鳴った。

「怖い……」

「いくぞ」

「待って……ワ、ワセリンを塗ってください……」

「いつも塗りこめてやってるってわけか。ワセリンなんかいらんと思うがな」

それでも男はすぼまりの内側まで丁寧にワセリンを塗りこんだ。

珠実は喘ぎながら尻をくねらせた。

「まだ鼻から声出すには早いんだ」

下にいる男が唇を塞ぎ、ディープキスをはじめた。

うしろの男の肉茎がすぼまりに触れた。

「くっ……」

硬直した珠実の一瞬の変化を感じ取った男が、顔を離した。

「息を吐け。前とうしろに頑張るのはちょっと大変だぞ」

逃げることはできない。言われたとおりに剛直を受け入れるしかない。珠実は小刻みに震えながら息を吐いた。

すぼまりをゆっくりと押し広げながら、肉柱が体内に入りこんできた。

「あぁう……」

菊花が燃えるように熱い。すでに女壺に入りこんでいる太すぎる肉棒だけでも腹部を押し上げ、子宮に届きそうだというのに、うしろにまで〝男〟を刺され、珠実は息がとまりそうになった。躰中に肉茎が入りこんでくるようだ。

「あああ……うぅん……」

玉の汗が額や乳房を伝って落ちた。

「ようし、いいぞ。串刺しの感想はどうだ」

うしろの男が尋ねた。

「よすぎて声も出ないとさ。俺達も膜一枚隔ててマラ同士ぶつかりあって最高だよな」

「そうだな。コンニチハだ」

うしろの男がゆっくりと抽送した。

「あっ！　動か……ないで……」

不安と、前後から受けるはじめての快感におかしくなってしまいそうだ。

「動かないで瞑想でもするつもりか」

うしろの男は同じテンポで抽送を続けた。下の男はディープキスをしながら、わずかに腰を突き上げていた。

「んぐぐ……」

躰が灼《や》けるように熱い。

（これから毎日こうやって過ごすのね。マンションにも……私が照明をコーディネートしたあの照明の部屋にも、二度と行くことはないのね……）

めくるめく快感の中で、こみあげてくる哀しみがあった。

（して……何もかも忘れさせて……私を堕として……）

珠実はディープキスに激しくこたえながら、やがて昇りつめて痙攣した。奴隷に堕ちたものだけに与えられた激しい法悦だった。

一体になっていた躰が三つに分かれた。

「香菜絵、躰を拭いてやれ」

ベッドに顔を向けた女に、刺青を彫ってやった男が言った。

女は立ち上がり、棚のバスタオルを取って珠実の顔、乳房、背中と拭いていった。

（一夜でこんなに従順になってしまったの？）

エクスタシーの余韻でぼんやりしていた珠実も、男達に逆らうそぶりを見せない女に驚きを隠せなかった。

（躰に墨を入れられたからね……だから、諦めてしまったのね……私でさえ、とうに諦めてしまったんだもの……）

女への愛しさが湧いた。

「いいの……自分で拭けるわ……休んでらっしゃい。まだ痛い？」

女はどちらともつかないまなざしでこたえ、また珠実の躰を拭いていった。

「私はずっとここにいるわ。だから、この人を出してあげて……」

躰に刻まれた小面の絵が一生消えないと思うと哀れを誘ったが、この女をここから出してやりたかった。

「残念ながら、持ち主として印を刻んでやったんだ。自由にするわけにはいかないな。香菜絵、おまえは一生俺の持ち物だな」

「はい……」

戸惑いも見せずに女はこたえた。

「もっと奴隷らしくなりたいだろう」

「はい……」

「よし、ラビアにピアスだな。内診台に上がれ」

女は自分で台にのり、無駄毛一本ない白い脚を左右に広げて足台にのせた。

翳りのない〝女〟が晒されたとき、すでに蜜で濡れ光っていた。

（私も明日はこうなっているの？）

奴隷に身を堕とそうと決意した珠実だったが、これほど従順になれるのか、まだ自信はなかった。そして、蜜さえ溢れさせている女に喉を鳴らした。

「珠実、香菜絵に汗を拭いてもらったお返しに、ヌルヌルを拭いてやれ。手が滑って穴をあけるとき狂いそうだ」

名前を呼ばれたことで珠実は息がとまりそうだった。

「どうして……私の名前を……」

「こいつの名前を知ったときと同じだ。定期券と手帳だよ。家を出るときから素っ裸だったわけじゃあるまい」

動悸はすぐには治まらなかった。

男からガーゼを渡された珠実は、女の秘園の前に立たされ、また呼吸が荒くなった。

珠実とも美琶子ともちがう秘園だ。美琶子も花びらが大きいが、咲きひらいた肉厚の花を連想させる、さらに大きめの花びらだった。

「さっさとしろ」

容赦ないスパンキングが飛んだ。

震えながら珠実は、女の秘芯の周囲にぬめ光る蜜液を拭いた。

「あん……」

はじめて聞く女の喘ぎだった。

刺青を彫られているときの、ボール・ギャグの狭間から洩れていた苦痛の声が耳に残っていた珠実は、もっとやさしく触れてやりたいと思った。

花びらや秘口の粘膜を、刷毛でなぞるように拭いた。

「あぁん……」

拭いたつもりが、前以上にヌルヌルが溢れていた。二度三度と拭いても同じだった。

美琶子の女芯を思い出した。これからこの香菜絵と愛し合うことは許されるのだろうか。

珠実は美琶子に感じたような愛しさを香菜絵に感じはじめていた。

(私が辛いことを忘れさせてあげるわ……)

珠実は唇をそこにつけた。

「ああっ……」

とろけるような声をあげながら、香菜絵の腰がくねった。

舐めまわすほどに、香菜絵の秘芯も珠実の口辺も蜜でベトベトになっていった。

「ああああ……んっんん！」

エクスタシーを迎えた香菜絵が、内診台の縁に突き出している腰を浮かせて痙攣した。

「珠実は男だけじゃなく、女のソコにも目がないとみえるな。これから仲良くやるんだな。

しかし、ヌルヌルを拭けとは言ったが、ベトベトにしろとは言わなかったぞ。仕置に、おまえも香菜絵のあとにすぐラビアピアスだ。明日でもきょうでも、さして変わりはあるまい。すぐに済むんだ」

ラビアピアスに対する恐怖が消えていた。躰の芯から疼きがこみあげてきた。

「怖い……いや……怖い……いやいや」

言葉だけの拒否だった。珠実の目はすでに快感に潤んでいた。

男達は珠実の言葉が記号になっているのに気づいた。

「自分が何をされるか、そこでよく見物していろ」

墨を入れた男がぷっくりしているピンクのラビアを消毒すると、また香菜絵はビクリと尻を硬直させた。

「昔はな、千枚通しであけていたんだ。それに比べると、こんな便利な器具ができて、蚊に刺されるようなものだ」

男は香菜絵にというより、珠実に向かって言った。

「おい、動くなよ。ラビアが失敗したらクリトリスピアスに変更するからな」

秘園をひらいている女から、とろりと蜜が溢れた。珠実の秘芯も濡れた。

金属の器具が右の花びらを貫いた。

「あ……」

宙に浮いている香菜絵の足指に力が入り、キュッと内側に向いた。

男はゴールドのリングを花びらに刺した。

「反対側だぞ」

いとも簡単に男は左の花びらに器具を移し、あっというまに穴をあけてリングを通した。

「終わったぞ」

「ありがとうございます……」

呆気ない、わずか一、二分の行為だった。けれど、左右のラビアに下がったゴールドのリングを見ると、珠実は昂ぶり、溢れる蜜をどうすることもできなかった。

「両方にピアスをしたのは、傷が治ったら鎖を渡し、鍵をかけておくためだ。そうすれば勝手に男とセックスができないだけでなく、たとえ女同士でも、ソコに何かを入れて楽しむことはできないってわけだ。奴隷として当然だろう？」

「さあ、交代だぞ」

香菜絵が下りると、珠実は期待と不安に荒い息を吐きながら自ら内診台にのり、脚を広げて足台にのせた。内腿がぶるぶるっと震えた。

「どうして台にのったんだ。身体検査か」

「ピアスを……私にも……」

言葉も震えていたが、躰は疼いていた。

「よく言った。いい奴隷になりそうだな。だが、おまえにはピアスはできない」

昴まっていた気持が急速にしぼんでいった。

「して……ください……」

「ノーマルな亭主持ちはだめだ」

ポロシャツの男の言葉の意味が、珠実にはすぐにはわからなかった。

「そういうことだ。彼らも珠実の希望に沿えなくて残念だろうが」

丹野の声に驚き、珠実は思わず首を持ち上げた。

部屋に入ってきたのは丹野だけではなかった。都留と美琶子もいた。ただ、美琶子は全身にいましめをされ、少し歩かされるたびに股縄が秘芯に食いこむのか、切なそうに喘いでいた。

(私、狂ってしまったのかしら……はっきりと三人が見えるわ……まるで幻ではないように……本当にそこに立っているように……)

確かに、男達の車に乗ってから起こったことは強烈すぎた。珠実の人生は終わってしまったのだ。

「想像していた以上にお利口じゃないか。自分からラビアピアスをしてくれとはな」

幻ではなかった。内診台の傍らに来てそう言ったのは、確かに都留だ。

「なぜ……？」

半身を起こして下りようとするより早く足台の枷が嵌められ、珠実は秘芯を剝き出しにしたまま拘束された。

「そう慌てて下りることはあるまい」

丹野が内腿を撫でながら笑った。

「十分すぎる刺激を与えてやったんだ。馴れ合いのプレイではつまらんからな。墨を入れられたのは、最初サングラスをかけていた彼、城島氏の連れ合いだ。M女として調教された我々のプレイ相手でもあるんだ」

「つまり、きみの乗った車は、まちがいなくきみの待っていた車だったたってわけさ。ここは私の別荘の地下室だ」

城島は口調を変えていた。

今朝までの生活に戻れる……。喜ぶべきはずなのに、珠実に笑いは浮かばなかった。

(私は今朝までの生活を捨てたいと思ってるんだわ。ここで辱められて肉奴隷として生きていくことに悦びを覚えていたのよ。至福を感じるようになっていたのよ)

つくられた時間だったことに落胆した。

「楽しみながら覗いてたんだ。だが、美琶子は黙っておまえを見ていることができず、飛び出してこの部屋に入ろうとした。だから、いましめをしたんだが、縄玉が卑しいオマ×コに食いこんでたまらんらしい。美琶子、散歩しろ」

背中を押され、美琶子はやむなくヨチヨチと歩いた。歩きながら喘いだ。

ノーマルな夫婦生活をしている珠実に比べ、こうやって毎日のように、夫やプレイ仲間に辱められている美琶子や香菜絵……。珠実に嫉妬と哀しみがこみあげてきた。

「私にもして！　美琶子さんのようにくくって！　私にもピアスをして！　あの人のように花びらに穴をあけて！　私にもして！　お願い……お願い……」

内診台の上で珠実は駄々っ子のように身を揺すって泣いた。ひとり取り残されていく淋しさに悶えた。

ピアスはいやだと泣き喚《わめ》くだろうというのが男達の予想だったが、当てがはずれたことに苦笑した。

「亭主をその気にさせたら何でもしてやる。まずは亭主が帰るころ美琶子とレズってるところでも見せて、引きこんでみるんだな」

「いやいや。して。今して」

さっきまでの神妙さはなく、結局、奴隷になりきれなかった珠実の我儘《わがまま》に、丹野は房鞭を取ってデリケートな内腿を打ちのめした。

「ヒッ！」

「図に乗るなよ。おまえのような半端な奴にするピアスはないんだ。ちょっと甘い顔を見せるとでかい態度だ。バイブでも咥えてそこで腰でも振ってろ！」

「その前に、濃いこのオケケを剃ってしまうってのはどうだ。珠実の口調じゃ、亭主に見られてもいっこうにかまわんようじゃないか。見るからに暑苦しそうだろ」

「そうだな。これまで気になってたんだ」

シャボンが塗られ、剃刀《かみそり》が当てられると、石鹸か蜜か区別のつかないヌルヌルが溢れていた。

丹野の手が動き、ジョリッと音がして最初の翳りが消えた。

トクトクと珠実の肉のマメが脈打ちはじめた。子宮が疼いた。

（こんなふうに、ずっと私を辱めて……いつか、ピアスもして……）

珠実はラビアに鎖がつけられる日のことを考えた。

股間縄をされてもじもじしている愛しい美琶子のラビアにも、遠からず鎖がつけられる気がする。そんな美琶子に嫉妬して、珠実は鎖を引いて遊ぶだろう。

ちぎれそうになるラビア……。

泣きそうになる美琶子……。

そんな美琶子を抱きしめて唇を合わせ、乳房を合わせ、最後にそっとラビアを合わせる。

「ほう、もっこりした肉マンジュウだ」

「オケケがあって破廉恥。消えていっそう破廉恥。淫乱女そのものの肉マンジュウだな」

つるつるになった秘園を見て、男達が批評しあった。

「ついでに、オマ×コも破廉恥、ケツも破廉恥ときてる。両方に何か咥えさせたら、我々は、湿った地下室ではなく、上の明るいリビングでうまい酒でも呑みましょうか」

都留は女同士が一つになるとき使う、両方に肉棒のついたディルドゥを珠実の女壺に押しこんだ。肉のヒダの動きで押し出されないように、ベルトを腰にとめた。

秘芯深く沈んでいるディルドゥだが、もうひとりが使うはずの肉茎は、グロテスクに秘口から外に向かって突き出していた。

「オケケがなくなって淋しいから、うしろには飾りでもつけてやったらどうです」

一連の太いイミテーションのパールを、城島が丹野に渡した。棚に並んでいる中で、もっとも太い玉だ。

「おまえの大好きなケツに入れてやるぞ。それ、一個」

「あう……」

パールを呑みこんだ菊の蕾がヒクヒクと蠢いた。

「二つ」

「んんっ……」

「三つ」

「あう……」

丹野は楽しみながら十個ものパールをすぼまりの中に挿入した。残りの玉が五つ、アナルからぶら下がっていた。

「朝までそうしてろ。美琶子もここでそのまま、縄に股座《またぐら》でもこすりつけて悶えてろ」

丹野は菊花からぶら下がっているパールを指先で弾いた。

香菜絵はホステス役で四人に連れられていった。

ドアには鍵がかけられた。

珠実は内診台から動けない。美琶子はかろうじて歩けるものの、いましめのため、腕は使えなかった。

「朝までこのまま……？　ほんとに朝まで……？」

「でも、私は歩けるわ。それに……お口が使えるもの。気持よくしてあげるわ」

美琶子は股間縄の刺激に喘ぎながらも、珠実の太腿の間までやってきた。そして、こちらに向いたディルドゥを咥えて動かした。

「あん……」

珠実の腰がくねった。

「ね、できるでしょう？　エクスタシーを感じるたびに、お尻のパールを出してあげる。それもいい気持よ。一個だけ出してみるわ」

垂れているパールを咥えた美琶子が、そっと糸を引いた。

「あう！」

すぼまりから出ていくときのパールの感触にぞくりとし、珠実は声をあげた。

「ね、何でもできるわ。何でもしてあげる。朝まで何でもしてあげるわ。椿の刺青を入れるって言ってくれたもの……嬉しかったわ……はじめて会ったときに着ていた私の着物の柄を覚えていてくれたんでしょう？　そんな気がしたの……」

「そうよ……もう二度と会えないと思ったわ。だから、楽しかった思い出を刻みつけてもらおうと思ったの……」

「思い出じゃないわ……ずっとこれからもいっしょよ」

朝まで美琶子とふたりきりでいられる……。

珠実は動けないけれど幸せだった。

美琶子のラビアピアスを弄ぶ日のことを考えた。同時に、自分の花びらで揺れる鎖のついたピアスのことも脳裏に浮かんだ。

この作品は一九九三年三月フランス書院文庫より刊行された『人妻ＯＬ・性隷勤務』を改題したものです。

GENTOSHA OUTLAW BUNKO

人妻《ひとづま》

藍川京《あいかわきょう》

平成19年8月10日　初版発行

発行者——見城　徹

発行所——株式会社幻冬舎

〒151-0051東京都渋谷区千駄ヶ谷4-9-7

電話　03(5411)6222(営業)

　　　03(5411)6211(編集)

　　振替00120-8-767643

印刷・製本—図書印刷株式会社

装丁者——高橋雅之

幻冬舎アウトロー文庫

ISBN978-4-344-41006-0　C0193　　O-39-19